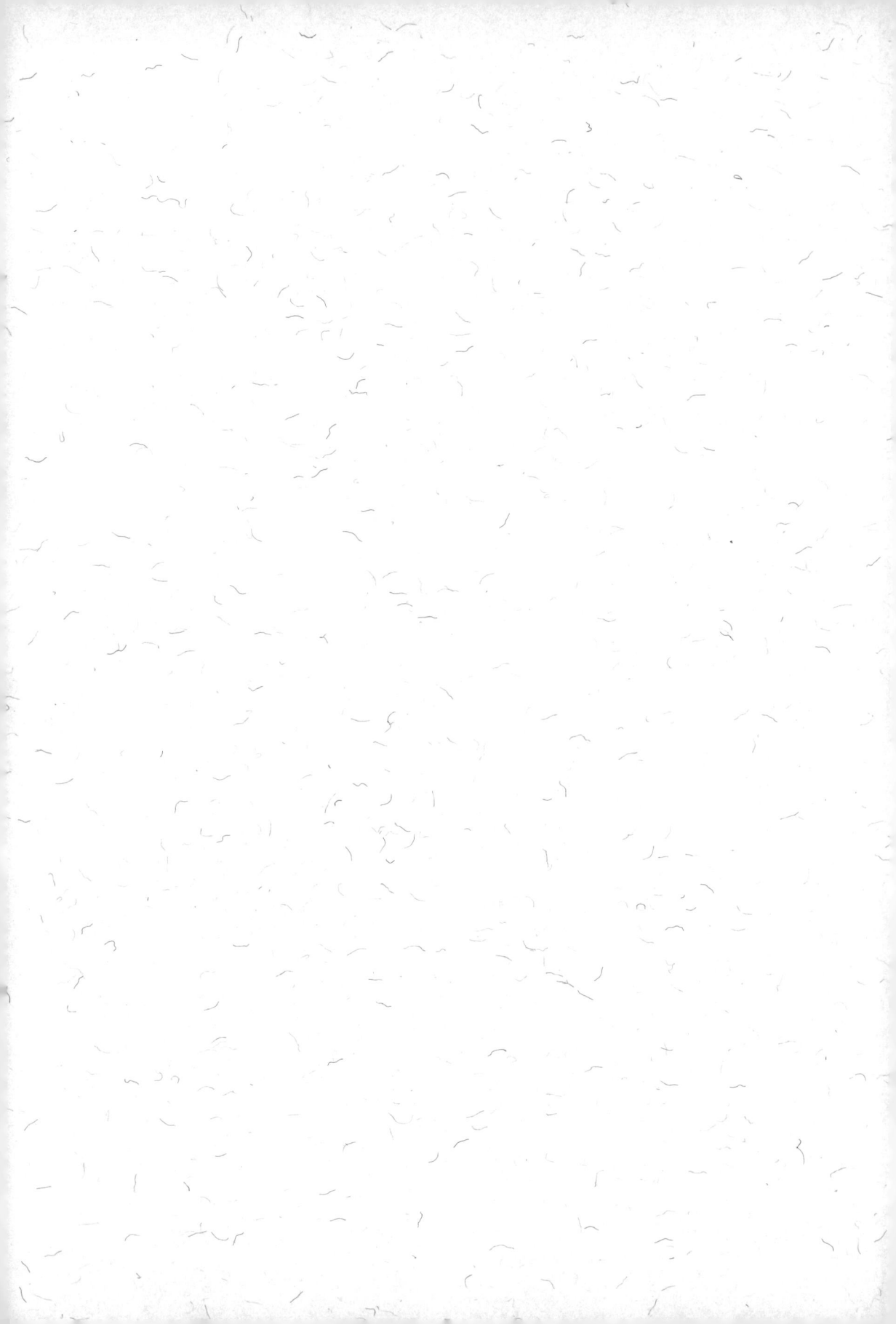

合肥通用院
HGMRI

“典”亮吾初心 “通”力向未来

合肥通用院“读经典 悟初心 跟党走”青年读书沙龙优秀读书心得作品集

DIAN LIANG WU CHU XING
TONG LI XIANG WEI LAI

孙 李◎主 编
马天添◎副主编

合肥工业大学出版社
HEFEI UNIVERSITY OF TECHNOLOGY PRESS

图书在版编目(CIP)数据

"典"亮吾初心 "通"力向未来：合肥通用院"读经典 悟初心 跟党走"青年读书沙龙优秀读书心得作品集 / 孙李主编. —合肥：合肥工业大学出版社,2022.12

ISBN 978-7-5650-6198-1

Ⅰ. ①典… Ⅱ. ①孙… Ⅲ. ①读后感-作品集-中国-当代 Ⅳ. ①I267

中国版本图书馆 CIP 数据核字(2022)第 237018 号

"典"亮吾初心 "通"力向未来

——合肥通用院"读经典 悟初心 跟党走"青年读书沙龙优秀读书心得作品集

孙 李 主 编 马天添 副主编

责任编辑:张 慧
制 版:合肥熙宇文化传媒有限公司
出 版:合肥工业大学出版社
地 址:合肥市屯溪路 193 号
邮 编:230009
网 址:www.hfutpress.com.cn
发 行:全国新华书店
印 刷:安徽联众印刷有限公司
开 本:710mm×1010mm 1/16
印 张:8
字 数:100 千字
版 次:2022 年 12 月第 1 版
印 次:2022 年 12 月第 1 次印刷
书 号:ISBN 978-7-5650-6198-1
定 价:68.00 元
营销与储运管理中心电话:0551-62903198
人文社科出版中心电话:0551-62903205

永远不要给人生设限

——在党建带团建座谈会上的讲话

（代序）

合肥通用机械研究院有限公司党委书记、董事长　王　冰

青年朋友们、共青团员们，以及曾经是青年、共青团员的朋友们：

大家下午好！

今天我们隆重举行“迎接党的二十大　纪念建团百年”党建带团建座谈会。会议的主题是：学习贯彻习近平总书记关于团青工作的指示批示和重要论述，学习贯彻党的十九大和历次全会精神，衷心拥护“两个确立”，忠诚践行“两个维护”，以纪念中国共产主义青年团成立100周年为契机，团结

带领广大团员青年，听党话、跟党走，勇于担当、扎实工作，以优异成绩迎接党的二十大胜利召开。按照会议安排，我在这里讲几句话。前面，大家都做了很好的发言，有的总结了工作经验，有的畅谈了人生感悟，有的展望了未来发展，有的提出了意见建议，有见地、很中肯。我讲三个方面的意见，实际上是对青年朋友们、共青团员们给出的三个方面的寄语。我给这篇讲话确定了一个题目，即是“永远不要给人生设限”。青年科技人员、青年管理人员，昭示着通用院的未来。对青年而言，人生的旅途刚刚开始，一切皆有可能。有句广告词说得好，你的能量超乎你想象。青年就是这样一个能量永远超乎你想象的群体。

一、着力提升学术技术水平

通用院是转制院所。持续保障高质量的科技供给，引领行业技术进步，是转制院所的初心使命。用我们过去总结的话来说，就是不断提升自主创新能力，立足于在关键时刻解决国家层面上的关键难题。通用院人什么技能最重要？科技研发能力肯定是我们摆在首位的重要技能。我们怎样才能在未来对行业具有掌控力？无疑是要有一大批卓越工程师。卓越工程师应具备哪些潜质呢？

一是技术预见的潜质。卓越工程师要有极强的洞察力，洞察先机才能掌控未来。通用院人始终要站在压力容器与流体机械技术的高端，预见未来五年、十年、十五年，甚至二十年的技术发展趋势，谋划近、中、远期技术发展规划和路线图，为技术创新工作引航指路。

二是技术创新的潜质。卓越工程师要有突出的创造力，创新创造才能攻坚克难。工程师最重要的特质，就是要具备发现问题、分析问题、解决问题的能力。我们一直倡导，培养具有科学家素养的工程师和工程师修养的研究员，把工程师的技术素养提升作为锻造卓越工程师的重要手段。卓越工程师既要有工程系统的思维，又要有刨根问底的执着，是具有精益求精的工匠精神的探索者、发现者和求证者。

三是技术转化的潜质。卓越工程师要有勇敢的实践力，勇于实践才能开枝散叶。转制院所的转制之路，就是一条不断探索技术成果推广应用的扩散转化之路。通用院所以有今天，正是得益于在转制初期涌现出一批勇于实践的技术转化人才。金刚石、甲胺泵、大型球罐、压力容器安全评定等产品和技术成果，因他们的大力推广才得以应用于工程实际，才得以从创新成果转化为创效收益。创新创效因而成为通用院生存、发展、壮大的重要支撑。

要想成为一名卓越工程师，甚至进而成为一名大国工匠，不仅需要技术修养，而且需要文化修养和人格修养。我们这里仅说说人格修养。卓越工程师、大国工匠要树立坚持真理、不屈服于威权的人格。有这样一个小故事：一位鞑靼汗国的可汗问一位诗人，假如有人要出卖我，你看我值多少钱。诗人说，值25个奴隶。可汗大笑道，我的这条金腰带就值25个奴隶。诗人淡淡说道，我指的就是那条金腰带，至于你本人那是一个大钱也不值。我们常常把青年跟诗与远方联系在一起，青年工程师要像故事中的诗人那样，敢于坚持真理、不向威权低头。

二、着力提升组织管理能力

转制院所发展靠人才，一是技术创新人才，一是组织管理人才。我们过去比较重视技术创新人才的培养和造就，对组织管理人才的重要性认识不到位。当然，那个时候院所管理相对简单、单纯，组织管理人才的作用没有显现出来。本世纪初以来，院所管理，尤其是转制院所的管理，日益规范化、法制化。组织管理人才匮乏，已成为制约转制院所发展的瓶颈之一。我们要一手打造卓越工程师，一手打造卓越管理者。卓越管理者应具备哪些潜质呢？

转制院所是企业，卓越的企业管理者至少应具备如下三个方面的潜质。

一是创新意识。不仅技术需要创新，管理也需要创新。管理创新就是要突破思维定式。有这么一个故事：一头驴子不慎掉进了枯井，众人设法救它，都没有成功，就决定埋了它。驴子悲声鸣叫，可当泥土落下的时候，它却出乎意料地安静了。它努力抖落背上的泥土，把它们踩在脚下，让自己登高一点。就这样，它随着抖落的泥土不断登高，最后竟在众人的惊奇声中走出了枯井。驴子不再哀叫，把埋它的土垫在脚下，终于走出困境。人的一生，又何尝不是如此？思路决定出路。

二是进取精神。每个人都会有一定程度的进取精神，只是能不能长期保持的问题。进取精神的保持，也有顺境和逆境两种情况。顺境保持需要的是恒心，大部分人或可勉力为之；逆境保持需要的是决心，只有不屈不挠的人才能做到。我在大学读书时，曾经参加过一次大学生演讲比赛（严格意义上讲，我不能叫“参加”，因为我只是起草了演讲稿，另有他人上台讲演）。我的那篇演讲稿的题目叫“第七次结网”，其中讲到这样一个故事：古苏格兰国王罗伯特·布鲁斯，六次被入侵之敌打败，失去了信心。在一个雨天，他躺在茅屋里，看见一只蜘蛛在织网。蜘蛛想把一根丝缠到对面墙上去，六次都没有成功，但经过第七次努力，终于达到目的。罗伯特兴奋地跳了起来，说道：“我也要来第七次！”他第七次组织部队，反击入侵者，终于把敌人赶出了苏格兰。马克思说过：在科学上没有平坦的大道，只有不畏劳苦沿着陡峭山路攀登的人，才有希望达到光辉的顶点。科学如此，管理何尝不是如此？无论顺境逆境，卓越的管理者都必须始终保持进取精神。

三是学习能力。我曾经跟青年朋友们说过三句话：读书使人充实，讨论使人机智，写作使人精确。以此号召青年朋友们：一要多读书，二要与身边的朋友讨论分享读书所得，三要通过写作把所得所感记录下来。毛泽东同志酷爱读书，直到生命的最后时刻，还叫身边的工作人员给他读报读书。其实，学习的内涵是很丰富的，读书只是学习的一种方式而已。卓越管理者不仅要向书本学，而且要向实践学。我反复讲过，要在工作岗位上锻炼人才，强调的就是实践。所谓读万卷书、行万里路，讲的就是实践的道理。陈云同志说：不唯上、不唯书、只唯实，也把实践摆在十分重要的位置。

我们不仅强调学习的重要性，而且要注重学习的有效性。也就是说，不仅要勇于学习，而且要善于学习。这就有了提升学习能力的问题。就读书而言，就是要多读书、读好书，力戒芜杂。就实践而言，就是要深入实际、深入一线，力戒浮躁。卓越管理者不仅要善于向书本学、向实践学，而且要善于向人（今人、前人）学、向事（现事、往事）学，甚至向社会学。世事洞明皆学问，人情练达即文章，是也。当然，“人情练达”本是下一部分要讲的。

三、着力提升待人接物修养

青年朋友们、共青团员们，如果你能成为学术技术水平高的卓越工程师，那是通用院创新事业的未来之幸；如果你能成为组织管理能力强的卓越管理者，那也是通用院发展事业的未来之幸。然而，如果你要成为全院或者重要部门、重要单位的领军人物，光学术技术水平高、组织管理能力强就显得不够了，还需要锤炼待人接物修养。待人接物修养的内涵有哪些？时间关系，我只能简单提提，大家按这个提纲自己去体会、去反省。

一是尊重他人。尊重人，是一切礼仪规则的核心。要想别人尊重你，你首先必须尊重别人。如果你是院领导，全院一千四五百号人，都是你应该尊重的对象；如果你是部门领导，全部门无论是几十人，还是百把两百人，也都是你应该尊重的对象。有人把尊重他人总结为三句话：听他人说、替他人想、帮他人做。听他人说，即耐心听取别人意见；替他人想，即设身处地考虑别人的感受；帮他人做，即针对别人的困难真诚施以援手。我觉得很有道理。

二是热情待人。人人都愿意跟热情的人打交道。所以，做领导的不管遇到什么急事、难事，待人时都要打起十分的精神、拿出十分的热情。人非圣贤，谁都有喜怒哀乐形于色的时候，但要尽量不把不良的心态带到待人的环节上来。这也是说说容易，做起来难，做到了、做好了更难。

三是真诚做人。我们通常说，真诚做人，坦诚做事。怎么样才叫真诚做人呢？一是重践诺，即言必行、行必果；二是轻议论，即"坏话人前说、好话人后说"；三是不说过头话，即"你可以不说，你可以说的含糊，但要保证你说出来的是事实"；四是不做过头事，即做事留有余地、人前人后态度一致。关于不说过头话、不做过头事，我还想啰唆几句。我们的 70 后、80 后干部说话做事一定要注意，不是说你们担任了一定的领导职务，你们的学术技术水平自然就高了、组织管理能力自然就强了，在讨论问题时你还是应当多一点虚心、多一点耐心，在做出结论时你还是应当少一点粗暴、少一点武断。

待人接物修养是一门综合性的大学问。如果说，学术技术水平、组织管理能力，还可以通过学习、训练在不长的时间内得以提升，而待人接物修养却需要较长的时间来锤炼和锻造。人的修养像美酒，不到年份是出不来独特的香味的。

青年朋友们、共青团员们，梅花香自苦寒来、宝剑锋从磨砺出。我们既不能妄自菲薄，也不可盲目躺平。大家可能都看过周星驰的电影《功夫》，最终成长为惊天大侠的故事主人公，小时候不过是被人吐口水、浇尿液惨遭霸凌的胆小怕事的小男孩。我还是前面讲过的那句话，你的能量超乎你想象，永远不要给人生设限。

今年是党的二十大召开之年，恰逢建团百年，也是通用院“十四五”发展承上启下的关键一年，让我们紧密地团结在以习近平同志为核心的党中央周围，衷心拥护“两个确立”、忠诚践行“两个维护”，勇于担当、扎实工作，以创新创效的优异成绩，迎接党的二十大胜利召开！

2022 年 4 月 25 日

目录 Contents

邮路在脚下　信仰在心间

——读《那山　那人　那狗》有感

院团委委员、通用学院团委书记
汤雪花——作

近期，我阅读了彭见明的短篇小说《那山　那人　那狗》，这篇小说刊登于 1983 年 7 月的《小说选刊》，在 1999 年被改编成同名电影，先后在国内外获得不少大奖。小说跟电影还是有很多不同的，今天我就跟大家分享我阅读这篇小说的感想。

小说平实感人、含蓄温馨，通篇没有炙热的话语、没有深情的表白，但是却饱含深情，深刻地刻画了父子之情、乡村邮递员与山民之情、人与动物之情、人与自然之情。

《那山　那人　那狗》讲述的是一个父子之间的故事。即将退休的乡村邮递员，在茫茫的深山中送了一辈子的信，因为病痛的缘故，不得不由自己的儿子来接替送信的工作。在儿子第一次送信的时候，父亲因为不放心，于是与儿子一起踏上了送信的旅程。故事讲述的就是在大山中送信的这一路上，父亲、儿子和大黄狗之间发生的事。

故事开始于一个雾气弥漫的清晨。即将退休的乡村邮递员，陪接班的儿子最后走一趟去往大山的邮路。小说虽短，但是内容是丰富的、感情是饱满的、立意是深刻的。文中父亲、儿子、大黄狗这一路下来，有事件的描述，有景物的描写，有父亲的心理活动和对往事的回忆，还有大黄狗对老主人和小主人的各种不同反应。鲜活的故事跃然纸上。

没有直言不讳的表白，没有惊险刺激的画面，甚至没有父子俩有说有笑其乐融融的场景，有的只是一句句平实的描写，却感人至深。

在朴实无华的字里行间，隐含着一个主题：奉献！父亲几十年间往来于山与路、河与田之间，和孤单、和寂寞、和艰辛、和劳累、和狗、和邮包相处了半辈子。面对山间的溪水，严寒也罢，急流也罢，乡村邮递员必须毫不犹豫地脱袜卷裤下河，有时还要脱掉裤子，把邮包顶在头上过河，老人的关节炎说不定就是这样长年累月形成的。为了工作，为了给乡亲们寄送信邮包裹，乡村邮递员的妻子承受了百般苦楚，得了个“名誉丈夫”，万事都靠她自己；儿子出生他不在家，老婆反而给他寄来红蛋；常年不能陪伴自己的孩子，在父亲的记忆里，他只背过儿子一次。儿子周岁那年过年时，他让儿子骑在他背上玩了一整天，儿子想下来也不让——他要弥补作为父亲的不足。读到这里，我的鼻子酸酸的，一名普通的乡村邮递员，是什么样的信念支撑着他，把为乡亲寄送信邮包裹作为毕生的事业来做，忽视了自己身体健康，也忽视了家庭和子女？我认为这源自劳动人民的朴素的情怀，同时也是一名共产党员坚定的共产主义信仰、全心全意为人民服务的信念。

世事无常，生活不会总是一帆风顺，挫折坎坷总会不经意出现，偶尔也会有灾难困苦。2020 年初新冠肺炎疫情突袭而至，太多的人和事让我们为之动容：84 岁高龄的钟南山院士在本该安享天年之际出山，一路奔波不知疲倦；73 岁的李兰娟院士坚持带队驰援武汉；身患渐冻症的武汉金银潭医院院长张定宇奋战最前线 30 余天；90 后白衣天使们冲在最前线，同时间赛跑，与病毒抗争；更有那“最可爱的人”中国人民解放军和武警战士昼夜奋战；各地基层工作者化身志愿者，投身疫情一线守护家园……正是这些无私奉献的“逆行者”，用自己的平凡之躯筑成防控疫情的坚固长城。我们坚信，在不久的将来我们定会打赢这场疫情防控阻击战！

故事还有一个主题：传递和传承。乡村邮递员穿行在山间，传递着信息，传递着亲情，传递着文明。有一天，乡村邮递员忽然感觉自己老了，那跋山涉水的双脚也老了，常常感到疼痛，于是组织上决定让儿子接替他送信。儿子在第一次送信的过程中，走了三天的山路，父亲说了三天。他想把自己这一辈子的工作心得说给儿子听，希望儿子能少走弯路，接好他的岗，做好这份新工作。

联系自己，作为一名人民教师，我的使命也是一种传承、传递。韩愈《师说》有云：师者，所以传道授业解惑也。从大了说，教师传承着人类文明；从小了说，教师不仅教会学生科学文化知识和专业技能，还引领学生的思想，做学生人生道路上的指路明灯。我的工作岗位是学院团委书记，主要工作是做好青年学生的思想引领，通过第二课堂，开展丰富多彩的校园文化活动，在活动中贯穿感恩教育、团队意识教育、责任意识教育等，增强青年学生的团员意识，坚定团员青年理想信念，促进精神文明发展；同时，在活动和实践中培养团干部和学生干部，指导他们培养科学有效的工作思维，深度思考，在工作中运用合理方法，学会待人接物，提高各方面综合素质。

铁打的营盘流水的兵。迎来送往，我们每年迎来懵懵懂懂的新学生，又送走学业有成的毕业生。除了知识技能的传授，我希望通过自己的微薄力量，能够正确影响到一部分学生，这些学生再将他们的正能量传递给身边的同学们。我想，如果能做到这一点，我就成功了。这是我一直以来的奋斗目标，我也是一直这么做的。但是这远远不够，在工作中我常常会感觉能力不足、力不从心，也会有迷茫、有焦虑、有不平衡。今天，从这篇小说里，我找到了一直在寻求的答案。

回到故事中，为什么一个乡村邮递员在孤寂的山路上，一走就是一辈子?是什么力量支撑着他走下去？或许走在山路上，风里来雨里去，他的脚是累的，可是他的心却不累；他是孤单的，但是却不寂寞。因为他心中有信仰，脚下有力量，所以才能把寂寞的职业做成快乐的事业。这恰恰是当今社会最难能可贵的品质，也是最值得我们新一代青年学习的地方。

给人生画一个大圏

——读《阵痛》有感

院团委委员、环境公司制冷空调事业部团支部书记
孙仲杰——作

《阵痛》讲述的是上个世纪 80 年代东北一家老机械设备厂，在从原有的大锅饭制度改向班组合同承包制过程中发生的故事。主人公是铆焊班组青年工人郭大柱，聪明有为，积极正派，以他的条件，原本应当成为工人行列中的先进分子和四化建设中的骨干力量。但是，在过去那特殊的年代，写着一手好字和文章的郭大柱写的决心书、批判稿一摞一摞，在三天两头的各种决心会、批斗会上大放异彩。郭大柱成了班组里的秀才、厂里的宝贝疙瘩。久而久之，郭大柱纵然图纸分不清正反、大锤砸不准个碗口大的铁，但是照样先进拿到手软，还给评了个五级铆工，成为一个对专业技能一窍不通的“高级工匠”。

然而不久，厂里开始了改革，这是社会发展的必然，有乱必会反正。中央纠正了“左”的思想，企业开始了效益优先的管理探索，合同承包制开始了。过去吃大锅饭时候大家还可以嘻嘻哈哈一起混，现在任务承包，大家都想好枪好马拴在一起，谁要吃闲饭，那就是吃大家的饭，写再多决心书也换不来效益，五级铆工得过再多先进也掩盖不了不能干活的事实，郭大柱的班组第一个把他精简了出去。时代变了，当年的红人郭大柱突然意识到自己原来是一个对工业现代化建设起不了实际作用的多余的和落伍的人。这让他感到痛苦，但这不全是他的错。像郭大柱一样的人，不是少数，改革像卤水点豆腐一样，点出了企业中的水分。

故事讲到这里，让我们看到了潮水退去是谁在裸泳，而汹涌的波涛总有退潮的时候。纵使先进模范各种荣誉拿到手软，但是如果忘了初心、丢了本质，没有以创收增效为目的的工作，终究会成为被点出的水分。如果不想成为被点出的水分，我们只有时刻不忘初心，牢记使命，方能始终立于时代的潮头。

那么，如果我们已经成为另一个郭大柱，该怎么办呢？我们来看看故事中的郭大柱是怎么做的。厂里要盖新厂房，领导也有意解决郭大柱的问题，准备成立一个临时宣传组，安排郭大柱当宣传员，写写标语口号、布置布置工地什么的，这活儿对郭大柱来说既拿手又轻松。除此之外，就只能进后勤组干杂活。看得出来，这个临时宣传组是领导苦心安排的。郭大柱想了想，轻轻地说："我去干杂活。""让我去干点实际工作吧，苦点累点都不要紧，我不能再执迷不悟了。"最后，郭大柱干的活是往工地送开水，每天扎着个白围裙，像个饭馆跑堂的一样，拎着一串茶碗，挑着两桶热水，往返在工地和水房之间。五级工匠下来打杂送水，别说是当年叱咤风云的红人，就是一般人脸皮也受不了。开始，他每迈一步，都感觉有无数双眼睛盯着，浑身不自在。但是几趟送下来，他发现根本没人理会他，大家都在忙着自己的事情，工地上轰鸣的机器，工人们大声的交流，这一切听起来都是那么的悦耳。郭大柱渐渐觉得自己和他们一样了，不再是那个多余的、落伍的人，他感觉到了前所未有的踏实。我们的郭大柱完成了自我救赎的第一步！美国的一位民权活动家保利·默里曾经这么说过："我要通过积极和包容的方式打破隔离，当我的兄弟们试图画一个圈把我排除在外时，我会画一个更大的圈来包容他们。他们为小团体的特权发言，而我为全人类争取权利。"

在小说里，郭大柱就充满了勇气，面对自己被淘汰出局，面对自己被兄弟们画了一个圈排除在外，没有安于现状。他敢于面对现实，没有像大多数人一样，不切实际地想冲进一个自己没有能力冲入的圈子，而是用更大的胸怀去画了一个更大的圈，包容了把自己踢出圈子的人，为他们服务。看似包容了别人，实则解放了自己。

故事还在继续。最后，郭大柱有一天送水送到了自己原先的班组，他想招呼大家喝水，但是喊出的声音小得消失在了闹哄哄的车间里。铆工班长和几个人跑过来，端起碗，咕嘟咕嘟就往肚里灌，喝完一抹嘴，这才发现是郭大柱，大家似乎都有些不好意思了。班长愣了一愣，说："大柱，有空过来吧，学点玩意儿，我教你。"旁边的师傅们也立刻跟着说："对对，过来吧，现场学东西快，我们都带你。"

小说到这里结束了，我们的主人公郭大柱提升了自我，画出了一个能包容别人，也让别人更能接受自己的大圈。我们能画一个多大的圈呢？在遇到困难、面对被淘汰之后，我们能不能像郭大柱一样，画出一个兼容、积极、充满活力的大圈，提升自己、消除隔阂、包容世界呢？

越是艰险越向前

——读《同船过渡》有感

环境公司流体机械事业部团支部书记
韦志超——作

今天给大家分享的是湖北著名作家映泉先生创作的短篇小说《同船过渡》，发表于1984年第4期的《小说选刊》，曾获第7届全国优秀短篇小说奖。

小说中的主要人物有以摆渡为生的老艄公父子、过河的船客，船客包括回乡省亲的新婚夫妇、进城领结婚证的男女青年、军人、算命瞎子、警察和在押犯人。

某天，老艄公父子驾船摆渡过河时，上游突发大洪水，翻滚的浪花推拥着河底泛起的泥沙向下游奔涌。湍急的河水疯狂嘶吼着，仿佛想要吞噬一切，船身在剧烈起伏的河面上极难控制，顺利靠岸在平时是再正常不过的事，此刻却比登天还难。如此紧急的情况下，即使是老艄公这样摆渡几十年的老师傅，也是谨慎万分，他深知一船人的生死皆系于他手，便屏气凝神，与无情的洪水拼命抗争。最终，他急中生智，在千钧一发之际，果断驾船撞向对岸石头才得以把船逼停，但是船底却被劈成了两半，船开始慢慢下沉。更加不幸的是，那个算命瞎子在船只猛烈的撞击中意外落水。

不识水性的瞎子如何能逃脱洪水的肆虐？生死攸关时刻，进城领证的男青年毫不犹豫地跳入水中，试图救起那个算命瞎子。他虽然勇气可嘉，但却低估了洪水的力量，入水后立即被凶猛的旋流吞没。警察和军人见状，也跟着义无反顾地跳入水中。见此情形，本已精疲力尽地靠在岸边石头上的老艄公，急忙怒斥儿子，催促着让其赶紧下水救人。此时，回乡省亲的新郎却不想惹事上身，只想着赶紧脱身、一走了之。新娘子劝其救人无果，自己转身毅然跳入水中救人，新郎见状也只得跟着跳入河水。场面混乱之际，沉船前一刻刚被警察打开手铐的犯人看到一群来自四面八方、互不相识的人，却能在这个关键时刻不顾个人安危，哪怕牺牲性命也要抢救落水者，被这样的画面深深打动了，也毅然决然跳水救人。

这里，我们看到了在大义面前的众生相，也见到了不同人在遇到危险或挑战时的不同表现。有的人遇事果断，有的人犹豫不决；有的人勇于担当，有的人胆小怕事，此乃人间百态。不同的面孔，扮演着不同的角色，也就承担着不同的责任。老艄公沉稳无畏的心理素质和专业娴熟的驾船能力是船客们获救的根本保证；领证男青年第一个跳下水救人，敢于做排头兵，挑战来时有担当；军人和警察不怕牺牲下水救人，坚守了心中的良知和正义，展现出一往无前、勇敢无畏的崇高精神；新娘正直善良，能够以身作则；新郎虽然起初畏缩不前，但在后来认清现实，迸发出巨大的力量；犯人知罪能改，良心发现，灵魂也得到了洗礼。

我们的集体何尝不像这条行驶在江河中的小船？有领航掌舵者，有冲锋陷阵者，有英勇无畏者，也有驻足观望者、徘徊不前者。在工作中，一群有着不同性格，却有着同样热血和理想的人，尤其是面对重大挑战的时候，唯有上下一心、众志成城，方能劈波斩浪、行稳致远。

回到小说，历经百般艰难后，众人合力将落水者救上岸，但令人惋惜的是，警察因为体力耗尽，最终不幸被旋涡卷走。此时，老艄公奋力拦下想继续营救警察的众人，确实，大家都过于疲惫，身体早已透支了，这时只能由他自己下水救人。靠着几十年的潜水本事，老艄公在旋转的激流中不断上下翻腾，终将警察推出水面。此时，不用等谁的命令，众人不约而同地纷纷跳入水中，接应着往岸边抬人。这回最先跳下的，竟然是刚刚想逃避的新郎和有罪在身的犯人。可惜警察最终还是不幸牺牲了，但他的脸上却显得格外安详与平静。

整个小说场面描写惊险壮美，气氛紧张逼人，人物情态也拿捏得精准细腻。小说中人物所体现的正直善良、强烈的责任感与无私的奉献精神令人感动，让我们看到了人类面临生死所表现出来的真善美。

小说中，让我印象最为深刻的是第一个跳下水救人的男青年，这让我想到了我们青年在工作中，由于经验不足，总会遇到或多或少、或大或小的困难，我们应该像跳水救人的男青年一样一往无前，在磨炼中迅速成长起来，积累知识、练好本领，关键时刻能挑起大梁。就像习近平总书记在纪念五四运动100周年大会上对青年的寄语所说：“青年要保持初生牛犊不怕虎、越是艰险越向前的刚健勇毅，勇立时代潮头，争做时代先锋。一切视探索尝试为畏途、一切把负重前行当吃亏、一切‘躲进小楼成一统’逃避责任的思想和行为，都是要不得的，都是成不了事的，也是难以真正获得人生快乐的。”

作为在职场中打拼的青年，如何在单位的“航船”上，找准自己的位置，找到努力的方向；当我们面对工作中的困难时，是奋不顾身、拼尽全力，还是驻足观望、徘徊不前；如何在“同船过渡”中，奋楫争先、成己达人，最终到达理想的彼岸，我想，大家都会从这篇小说中，或多或少得到一些答案。

致敬平凡英雄

——读《琥珀色的篝火》有感

夏春杰——作
传热所团支部书记

《琥珀色的篝火》是乌热尔图在 20 世纪 80 年代的代表作之一，这篇小说发表于 1983 年第 12 期《小说选刊》，同年获得全国优秀短篇小说奖。

小说通过对人物心理和自然环境的描写，情景融合，使小说更含蓄、更富有艺术感染力。小说故事梗概如下：

猎人尼库和儿子秋卡送病重的妻子塔列下山去城里的医院看病。一路景色虽好，他们却无心观赏，反而心情烦躁。在又高又密的松林里快步穿行时，他们发现一条小径上留着一片杂乱的脚印。天快黑了，人也太乏了，他们坐下来休息，妻子不住地咳嗽，伴随着低沉的呻吟。尼库安慰妻子说："明天翻过前面的山脊，下午就能赶到公路。顺当的话，晚上就住上医院了。"塔列在病危之际，才向丈夫吐露心声，说："今天我从你身后，瞅着你的背、你的胳膊、你的两条腿，看你迈步、甩胳膊，我觉得心里真难受。"她断断续续地又说："我知道你多爱我！谁也没能偷去我的心。它是你的。"尼库说："我烦透了，塔列！"塔列说："我知道为什么！""为我，还为那些脚印！""你——去——吧。我知道你在等我这句话。"尼库觉得妻子是世界上最了解他的人。因为从发现杂乱的脚印开始，他就知道肯定是有人在森林里迷路了。尼库把十四岁的儿子推醒，嘱咐他天亮就上路送妈妈下山，他办完事随后赶上来，然后便钻进了黑幽幽的密林。

在暴雨到来之前，尼库总算找到了那些脚印。雨势渐弱，他终于发现了三位迷路人。尼库强忍住极度的饥饿、疲乏，找到枯树，燃起了一堆篝火，火光是琥珀色的，很好看。他把三个冻僵的人拖到火堆边，从背夹子里取出烤饼、烤肉，摊在火堆边。此时，他再也支持不住了，头晕、想吐、心慌。他想起病重的妻子，还有儿子，想象不出他们是怎样度过这场暴雨的。他支撑起身子想回去，但身子一软，昏睡过去。等他醒来，看见三个陌生人正用恭敬的目光望着他，他很高兴。他饿极了，但食物都被那三个人吃光了，于是他扛起猎枪去打猎。出猎很顺利，他打到了一只狍子。正当他们大口大口地吃着烤得四处飘香的狍子肉时，尼库忽然听到林子里传来了一阵微弱的声音——竟然是满脸划伤、破衣烂衫的秋卡。原来大水把桥冲断了，公路上一辆汽车也没有，妻子已经奄奄一息。他一把拽起已经走不动的儿子，快速走进了灰蒙蒙的密林，他已经给迷路人指明了方向，相信他们很快就会找到自己的帐篷。

小说叙述的故事并不复杂，却能使读者心潮跌宕、难以平静。尼库在森林里经历了人生一次艰难的抉择：一边是生命垂危、亟待救治的妻子，一边是迷失森林、身处险境的路人；妻子是自己最爱的人，而迷路人也是三条宝贵的生命。二者必居其一，不能两全，到底要救援哪一方，对尼库来讲是巨大而艰难的抉择，甚至可以说是尼库一生中唯一的一次最痛苦的内心挣扎。从发现草地上那些杂乱的脚印开始，他便心神不宁、焦躁烦闷。最后是鄂温克人一贯的做法——“不论哪一个鄂温克人在林子里遇见这种事儿，都会像他这样干的”，使他战胜了私心。他义无反顾地去救迷路人，成功地挽救了陌生人的生命，而他的妻儿却因他的离去遭受了暴雨的袭击，更残酷的结果是他的妻子再也没有生还的可能了，这将给尼库带来终生的不安与伤痛。

尼库想救迷路人、犹豫不决、前去救援、获得安慰的心理变化是复杂的，

也是逐渐完美的，因为他的内心状态凝结了他的力量、智慧、意志和责任心。

令我印象深刻的一个情节是，尼库被三个迷路人留下当向导以后，坐在火堆旁，想起了一些不愉快的往事：在小镇上，他曾喝醉了酒，躺在路边的树荫下，一群孩子向他投石块；还有一次，他扛着猎枪在街上走，不少人用异样的眼光盯着他，尤其是招待所女服务员看他的神态，更让他很难过。他是一个像蓝天一样自然、朴实而善良的人，他有自己的生活方式和尊严，却得不到另外一些人的认同。这是他的悲哀，但他没有因为山外人对他的排斥和无礼，而形成敌对、愤怒和报复的心理，反而在他们危难之时，义无反顾地伸出了援助之手。小说在人性美丑、善恶的比照中，提升了尼库的精神境界，并以此上升为对人性、人类更深层次的思考。

故事主人公尼库用“每个人都会这么做”的举动，温暖了迷路人的身心，挽救了他们的生命，与我们这个社会太多平凡的善举不谋而合。

由此我想到了在抗击疫情期间，自愿接送金银潭医院医护人员的快递小哥；想到了为了避免交叉感染，节约防护服穿脱时间，毅然剪掉了长发的90后护士；想到了在火神山、雷神山工地远离家人，冒着被感染的风险，夜以继日劳作的建设者们；想到了一个个自愿写下请战书的共产党员和医护人员。

我还想到了我的老家河南 2021 年夏天遭遇千年一遇的暴雨，那个在暴雨中跳入洪水连救 5 人的网约车司机；想到了救下被暴雨逼停的 2 辆大巴车上 70 人的铲车师傅；想到了推掉所有工作预约自告奋勇参加救援的合肥理发师；想到了为了救灾人员能够吃上一口热乎饭，家家户户支锅烙饼的普通村民。

品现于事，心藏于身。我们或许很难从表面上真正了解一个人，却可以从某个行动中看清一个人的人品和真心。没有从天而降的超人，只有挺身而出的平凡英雄！一个个温暖可爱的身边的平凡人，都会在特殊日子里成为英雄，散发出人性的光芒。

谨以《琥珀色的篝火》读后感，向身边的平凡英雄致敬！

生命中的那束光

——读《绿化树》有感

葛媛媛 通用学院辅导员——作

现实有时如同一本印刷粗糙、页码全乱的书，只有宁心静气的人才能将它整理成册、装订成章。当张贤亮的生活因为机缘巧合，成了一叠被打散的文稿时，面对现实的战战兢兢、如履薄冰，他把自己长成一棵在荒漠中扎下根的“绿化树”，坚定地寻觅自己生活中的那束光，照耀自己前行的路。

张贤亮并未像往常的“右派”作品那般跨越漫长时间线，《绿化树》中他仅以章永璘这个第一人称的“我”为主线，以细腻的笔触简短地书写了一名知识分子，因为时代的影响，短短两三个月间在一个陌生农场的经历，从而使得自己受到精神洗礼的故事。在小说中他大量运用心理描写和独白，故事在辛苦的劳动、艰苦的环境与遥远的幻想、内心的斗争这两条矛盾的主线上交织。作品中对知识分子的一系列自省、内疚、自责、忏悔等内心情绪的刻画，以及对身体的饥饿、灵魂的寂寞、精神世界的匮乏等问题的思考与解读，展现了特定年代知识分子的苦难遭遇。在小说中，作者反复使用了细节描写：如为了从打饭的窗口多得到 100 毫升的稀饭，他用罐头桶制作了餐具，一边惭愧一边欣慰；又如为了多换几斤黄萝卜，他狡黠地戏弄做买卖的老乡；为了转移饥饿的感受而读《资本论》，可是“我脑子里想到什么，就会有什么味道。这香味即刻转化成舌尖上的味觉，从而使我的胃剧烈地痉挛起来”。正是这般一边费尽心思，一边又在愧疚自责。

但是张贤亮的笔又不仅仅倾诉了这些艰辛，生活中如流萤般星星点点折射出的小温暖，也始终贯穿在故事中。这些微光在马缨花、谢队长、海喜喜这些又“土”又“悍”的角色身上闪闪发光，在最让读者期待的女主角马缨花身上描述得最为动人。她温情而强健，面对困顿时展示了无穷的乐观和彪悍的魄力。在第一次以垒炕的名义邀请章永璘吃白面馍馍时，作者浓墨重彩地刻画了白馍馍上印上的一枚马缨花的指纹。这个指纹如同章永璘无尽灰暗的生活中的彩虹，是一座让他继续坚持走向梦想的天桥。马缨花的杂合饭不仅喂养了章永璘羸弱的身体，更哺育了章永璘不健全的思想性格，让他的灵魂逐渐充盈丰满起来。

马缨花的爱情和她的性格一样火辣，我在阅读时一直期待着她和章永璘的爱情不期而至。但在那个时代，比爱情更重要的是生活，为了能活下去，为了获得更多的吃食，马缨花拒绝了和章永璘结婚，她的拒绝并不是一刀两断的决绝。为了表明她对章永璘爱情的坚贞，她说：“就是钢刀把我头割断，我血身子还陪着你哩！”这句带着一丝血腥又悲壮浪漫的情话震撼了我的心灵，这是一种真爱、挚爱、至死不渝的爱！这份朴实的爱情，不但凝聚了无可置疑的美学价值，还凸显出深刻的理想价值。马斯洛说人的需要从低到高，这在《绿化树》中得到了细致刻画。

小说的结束让我有些意犹未尽，这些活生生的鲜明形象的人物，也并不像童话故事结尾那般，最终幸福地生活在一起。斗转星移，曾经朝夕相处的人和事，回归于两条平行线。故事有感伤，可是生活不停歇。细水长流的日子正如“绿化树”——生活其实是长在荒芜的黄土高原的那棵结结实实的绿化树，要扎下根才能投射出理想的生活，最终绿化我们心灵的荒漠。

今年距离我第一次阅读这部小说已经过去了十几年，再读感受颇多。静下心来琢磨章永璘的成长过程，这成了目前困于平淡生活的我的新导航。如果说每个人来到这个世界都是带着使命，那么作为高校的思政辅导员，我想我的初心和使命就是引导学生创造未来的无限可能性。但现实的工作远远不如梦想般闪闪发光，只是如章永璘所处的黄土地一般，满是琐碎的尘土和焦躁的情绪，这也许就是我人生的荒漠——是不满于现状的低沉，是找不到自我存在的价值，是工作偶然的挫败，是生活洪流的未知去向。我挣扎在前路通往何处的迷雾里时，《绿化树》给我重新点燃了那盏梦想之灯——“干一行，爱一行”是敬业，可是“爱一行，干一行”才会让我深深扎下根，坚定而隽永地吸收更多的营养。我也终于明白生命的价值在于，知道自己在这个世界如何安顿，找到自己如何与世界连接……路在脚下，只有扎下根，才能让自己枝繁叶茂。我愿以我的初心为圆心，以青春的践行者的愿景为半径，将初心绘成一个满是赤子之心的圆。

人生路上过往的每一级台阶都铺就了通往今天的道路。我们不能试图只保留好的，我们也不能选择性遗忘。阅读《绿化树》，给了我们新的契机来完整地认识自己；那些看起来不太幸福的时光，也给了我们直面挫败的勇气；那些似乎是伤害过我们的人们，也赋予了我们勇往直前的坚强。

《绿化树》，正是这样一束从树荫的缝隙中洒落的光，闪烁出生命的力量，指引我昂首阔步、行致远方。

汲取奋进力量　争做红色传人

——读《乔厂长上任记》有感

技术部团支部副书记
赵雅蕾——作

《乔厂长上任记》是蒋子龙创作的短篇小说，发表于《人民文学》1979年第7期，2018年入选“中国改革开放四十周年最有影响力小说”。春江水暖鸭先知，作者精准地感应到了改革开放的时代脉搏，塑造了改革开放初期富有激情、勇于担当、不畏艰难的改革者形象，表达了当时人们渴望变革的迫切愿望。

作者文笔平实质朴却坚定有力，语言粗犷凝重却毫不拖泥带水，对人物复杂心理的刻画更是入木三分。故事围绕主人公乔光朴在“出山”后面临的种种困难展开。改革伊始，那是时间和数字像鞭子一样悬在人们脊梁上的年代，电机厂已经两年半没有完成生产任务了，眼看着整个机电工业局要被拖垮了。局长霍大道主持会议，研究派谁到电机厂当厂长，因为原厂长冀申善观风向、圆滑世故、趋利避害。面对众人避之不及的“苦差”，身处“美缺”的乔光朴却打破沉寂，毛遂自荐，并建议曾和他一起将电机厂“搞成一朵花”的石敢担任党委书记，可是历经“文革”斗争风浪的石敢却认为自己思想已经残废、热情的细胞已经枯竭。最终，功夫不负有心人，乔光朴通过反复劝说终于唤起了石敢的奋斗激情，将心灰意冷的石敢动员出山。乔光朴上任后，发现青年工人杜兵6年来都没有给车床做过检修保养，还采用“鬼怪式操作法”，而且整个工厂工人思想混乱、环境乌烟瘴气。与此同时，原厂长冀申为了加深乔光朴与副厂长郗望北的个人恩怨，将郗望北停职处理。乔光朴迎难而上，一上任就扎根生产一线，终于摸清了电机厂的“病情”，可以“对症下药”了。说干就干，他将自己与全厂 9000 多名职工一起推上了大考核、大评议的赛场，留下精兵强将，把考核不合格的职工组成服务大队来代替农民工搞基建和运输，因此遭到不少人的白眼与唾骂，成为很多人的“仇人”。改革艰难、技术落后、人事复杂等千奇百怪的矛盾、五花八门的问题让乔光朴举步维艰，乔光朴咬紧牙关坚持着。有人坚强是被自尊心所驱使，乔光朴的这一份坚强却是源于肩上的担子。

正如文中所说的那样，雄心是不取决于年岁的，正像青春不一定就属于黑发人，也不见得会随着白发而消失。时间和数字是有生命、有感情的，只要你真心对待它，它就会馈赠你收获。故事的结尾电机厂建立了赏罚分明的工作制度，完成了上级布置的工作任务，也唤起了更多的“乔光朴”们大刀阔斧地推进改革……

小说通过“出山”“上任”“主角”三个场景，刻画了乔光朴高度的工作责任感和脚踏实地的工作作风，表现了改革者的非凡魄力和广阔胸怀。读完小说，我脑海中挥之不去的是乔光朴那张矿石般颜色和猎人般粗犷的脸，让我更难忘的是乔光朴那义无反顾接手“烫手山芋”的担当奉献、那历经“文革”磨难后仍然葆有的奋斗激情和那越是艰险越向前的刚健勇毅。

“苟利国家生死以，岂因祸福避趋之”，从古至今，在我们中华民族，这样勇于担当、无私奉献、充满力量的人不胜枚举，在救国、兴国、富国、强国的伟大征程中，在国家和民族最需要的时刻，总会有人无所畏惧、冲锋在前。一百多年前，一大批新青年高举马克思主义的思想火炬，在风雨如晦的旧中国苦苦探寻救国救民的道路；在抗日战争时期，中国一度危在旦夕，无数仁人志士用鲜血和生命向世人宣告：中国不会亡；在社会主义建设时期，新中国的建设者们发愤图强、只争朝夕，使中国从一穷二白、百废待兴转变为国家面貌焕然一新、人民生活明显改善；改革开放以来，更是涌现出一大批“乔光朴式”的先锋闯将，每个人的背后都是一串动人的故事、一段精彩的传奇；在脱贫攻坚斗争中，黄文秀、张桂梅等一群苦干实干、倾尽所有的凡人英雄将最美好的年华献给脱贫事业，2021 年我国取得了脱贫攻坚伟大胜利，并宣告全面建成小康社会；在“战疫”期间，敢于逆流而上的钟南山、苦苦钻研抗疫良方的张伯礼、在风暴眼坚守的张定宇、与病毒针锋相对的陈薇，无不用奋斗与担当书写着人生最美的篇章。他们是最可爱的人，是他们在战火频仍的中华大地点亮寻找真理的火炬，是他们用身躯挡住了敌人的枪林弹雨、挡住了贫困的吞噬、挡住了“死神”的降临。

94 年前，陈乔年烈士就义前说：让我们的子孙后代享受前人披荆斩棘换来的幸福吧！浴血奋战的红色历史不能忘记，来之不易的幸福生活更要珍惜。我们生在繁华盛世里，之所以岁月静好，是因为有前辈们为我们披荆斩棘，有最勇敢的人时刻保护我们。

志不求易者成，事不避难者进。参加工作后，我们常听院里老工程师们讲述他们的奋斗故事以及他们听到的更老一代人的奋斗故事，前辈们在通用院搬迁、转制、改革、发展各个时期所发扬的攻坚克难、严谨务实的精神深深地感染了我们，总能让我们感受到激情、担当与奉献，感受到他们对通用院的浓浓真情，感受到他们对通用院的高度责任感。今后，年轻的我们也会“学着前辈的样子”，爱岗敬业、踏实工作，勇挑重担、无私奉献，在平凡的岗位上做好做细每一份工作，在担当中完善自我，在党史学习中汲取奋进力量，争做红色传人。

不向别处求文明 但于此间觅真义

——读《杯》有感

周兵——作
工程战略研究室主任助理

不向别处求文明 但于此间觅真义

1983年第9期《小说月刊》上发表了张抗抗的短篇小说《杯》。小说大致有两条线索，明线描写了北大荒一座农场的青年迟洪杰通过刻苦自学被组织选中，成功主持黑龙江省第五届运动会现场讲解的经历；暗线描写了一位下乡知青“崔哥”重新回到城市的生活和精神转变，而这种转变又极大影响了小说主人公的思想状态。小说透出浓厚的时代气息，反映了彼时的知识青年对于经济社会变迁所产生的迷惘和矛盾心态。“知青”“农村”和“城市”这三个关键词是理解这篇小说的关键。

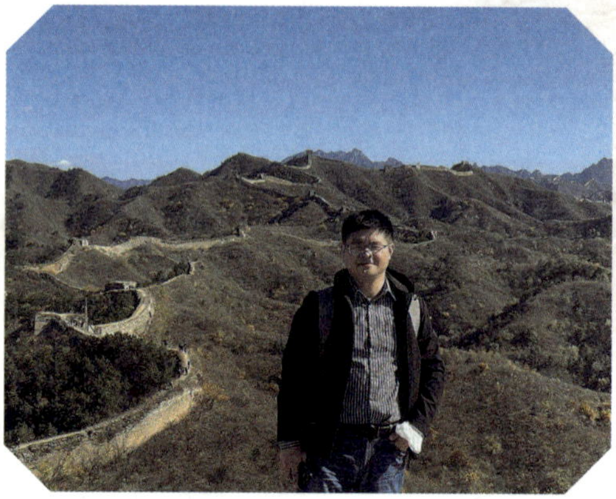

回顾我国社会主义发展史和改革开放史，长期以来我国依靠农业反哺工业实现工业化进程，农村为我国的工业化积累提供大量农业剩余的同时，也缓解了特殊时期的城市就业危机等发展矛盾，发挥了我国经济社会的“压舱石”作用，但也由此导致了差异显著的城乡二元制经济结构。从发展公平来说，这种状况直到本世纪才有所改善。

1968年，《人民日报》发表题为“我们也有两只手，不在城里吃闲饭”的文章，正式拉开了轰轰烈烈的上山下乡大幕。知识青年客观上成为联系城市和乡村的桥梁，无论是小说中的崔哥，还是依依挥别“凌晨四点零八分的北京”的诗人食指，他们的到来，为贫瘠的农村注入了鲜活的气息，他们带来了迥异的生活方式、先进的生产技术、开阔奔放的言谈和富有活力的思想……这一切，主人公将其归纳为——文明！新鲜的城市文明经由这群朝气蓬勃的青年渗入了农村的土地，古老的华夏农业文明和发育中的中国城市文明发生了微妙的碰撞，如同一场恋爱，寂寞的玉门关迎来了春风的吹拂，对城市的向往在主人公心中悄然滋长。

这滋长随着他“上省”的进程越发蓬勃了！他相信天生我才，“列车在它自己的轨道上行走，黑夜里它也能找到自己的轨道”。他着实动了“做城里人”的心思。就在这时，他偶遇了当年亲手在他心中播下文明种子的“崔哥”。这位“推着驮了一捆大葱的自行车，满面尘土的年轻人”，这一回却冷酷地扑灭了他的念头：“再漂亮的球，出了界，也得不了分……”

有什么比偶像的形象坍塌更令人受挫呢？——主人公最终黯然回到了农场，他知道此前他所向往的城市并不一定代表文明。而农场的人还在为有关城市的新闻激烈地争论，只有他的密友真诚地对他说“欢迎你回来”，仿佛是他的精神原点。

主人公在经历过热烈的渴望、热情的冲动和巨大的失望后，重新思考起生活的意义。小说最后写道：“杯子是用来盛水喝的，不管是什么样的杯，都应把它盛满，无论是盛牛奶、豆浆、啤酒、香茶还是白开水……”

党的十一届三中全会以后，知青正式成为历史名词，中国迎来了改革开放的伟大历史进程。小说正是以此为时代背景，而彼时我国各项制度建设尚有待完善，社会上的不公平、不公正现象也在所难免，这些无疑都不同程度地引起知青一代的迷茫。尽管如此，包括小说作者在内的一代知识分子仍然抱定理想、坚守初心并且“相信未来”。这种思辨和坚守在今天仍然具有重要意义。

因为文明应该成为我们生活的基本追求。

真正的文明是无关城市乡野的。令人欣喜的是，党的十八大以来，在以习近平同志为核心的党中央坚强领导下，通过实施脱贫攻坚等创造性举措，我国彻底消除了绝对贫困，三农面貌发生了历史性转变，而以生态文明为主要内涵、以乡村振兴为抓手的重大制度设计，为我们统筹城乡协调发展、构建现代文明提供了根本遵循。

文明并非好高骛远的东西，它就是我们平常生活的杯中之物，它就是在本职工作中用勤劳、智慧和付出进行积极的创造。

让我们高举生活的“杯子”，用奋斗的青春斟满它，用勤劳的工作实现它，因为这是我们和未来干杯的勇气所在、底气所在！

我想，这就是我理解的文明，也是生活的意义。

心怀感恩　守护绿水青山

——读《干草》有感

院团委副书记、环境公司科普环保分离机事业部团支部书记
马天添——作

近日，我拜读了刊载在1984年第7期《小说月刊》中的短篇小说《干草》，作者宋学武采用第一人称向妻子讲故事的形式，通过对话和讲述“双镜头”的灵活切换，用生动流畅的语言形象地叙述了一个发生在辽北草甸子的动人故事。

在作者的记忆里，这片离家仅一里之遥的草甸子辽远、空阔、恬淡、静谧，同时也充满了无限生机。在这片草甸子上，每年春夏，作者与小草、大青哥等儿时玩伴一起抓蚂蚱、编蝈蝈笼子、烤苞谷，收获了很多童年的乐趣与享受；在这片草甸子上，每逢秋季，在磕巴舅舅一声“开镰”口号之后，村民们纷纷撂下田里的活儿来到草甸子上打草，将草晒干卖出用以贴补生活开支。如此年复一年，草甸子始终默默地给予孩童们快乐、给予村民们收入，村民们也似乎早已习惯于草甸子在秋季被割秃后、春季又恢复葱绿的“免维护”循环。故事的转折发生在数年后的一个秋天，打完草的村民们突然开始对草甸子进行翻地造田改造，贪婪地期待着一甸子绿草会奇迹般地变成一畦畦稻田，然而事与愿违，一甸子绿草最终变成了一丛丛马莲、一片片盐碱，草甸子彻底荒凉了。

通读数遍，细细回味，我对文中的两组鲜明对比记忆深刻：一个是心怀对草甸子的爱与感恩、尽职尽责看守维护草甸子的磕巴舅舅，与认为大自然的赠予理所应当、割草结束便对草甸子不管不顾的村民的对比；另一个是身处食物匮乏的艰苦环境下，却从未伤害过草甸子的磕巴舅舅，与不满足草甸子微薄的赠予，违背自然规律进行改造导致草甸子荒芜的村民的对比。草甸子每年都是无私奉献出自己的全部，虽说给予微薄，但年复一年，非常稳定，且平日里并不需要村民对其进行任何维护。久而久之，村民们渐渐对草甸子的给予习以为常，不再满足于这份微薄的收入，在未深入了解草甸子土壤特性的情况下，盲目翻地造田，导致草甸子愈发荒芜、绿色不再，最终在饥荒时期再也无法得到草甸子往日那为人所看不上眼的给予。

这篇小说倾注了作者对人与自然关系的深刻思考，揭露了村民对生态环境破坏的无知行径，也给了我深刻的启发和感悟：一要懂得感恩，感恩是为人最基本的修养，也是从业、治学难能可贵的品质，更是应该被大力宣传和倡导的社会氛围。路漫漫，需前行，感恩意，驻心间，只有心怀深沉、广博、凝重的感恩，未来的路才能走得更远。二要注重环保，绿水青山既是自然财富、生态财富，又是社会财富、经济财富。习近平总书记在党的十九大报告中指出：人与自然是生命共同体，人类必须尊重自然、顺应自然、保护自然。因此，我们应当敬畏和善待生态环境，不可为了一时的发展而去盲目破坏绿水青山，这也正与我所在部门开展的环保工程工作相契合。

近年来，我们环保工程事业部大力践行“生态优先、绿色发展”理念，深扎长江大保护、巢湖生态保护、海绵城市建设、污泥处置、再生水利用等领域，为保护修复长江水质和生态平衡、打造水清岸绿的美丽长江经济带、实现经济社会可持续发展做出积极贡献。同时我们也在寻求契机，在土壤修复、黑臭水体治理、地下水治理、餐厨垃圾处置等更多领域进行开拓，深入探寻、讨论和研究碳达峰、碳中和相关业务与科技课题，全面贯彻习近平生态文明思想，为建设美丽中国贡献更多的力量！

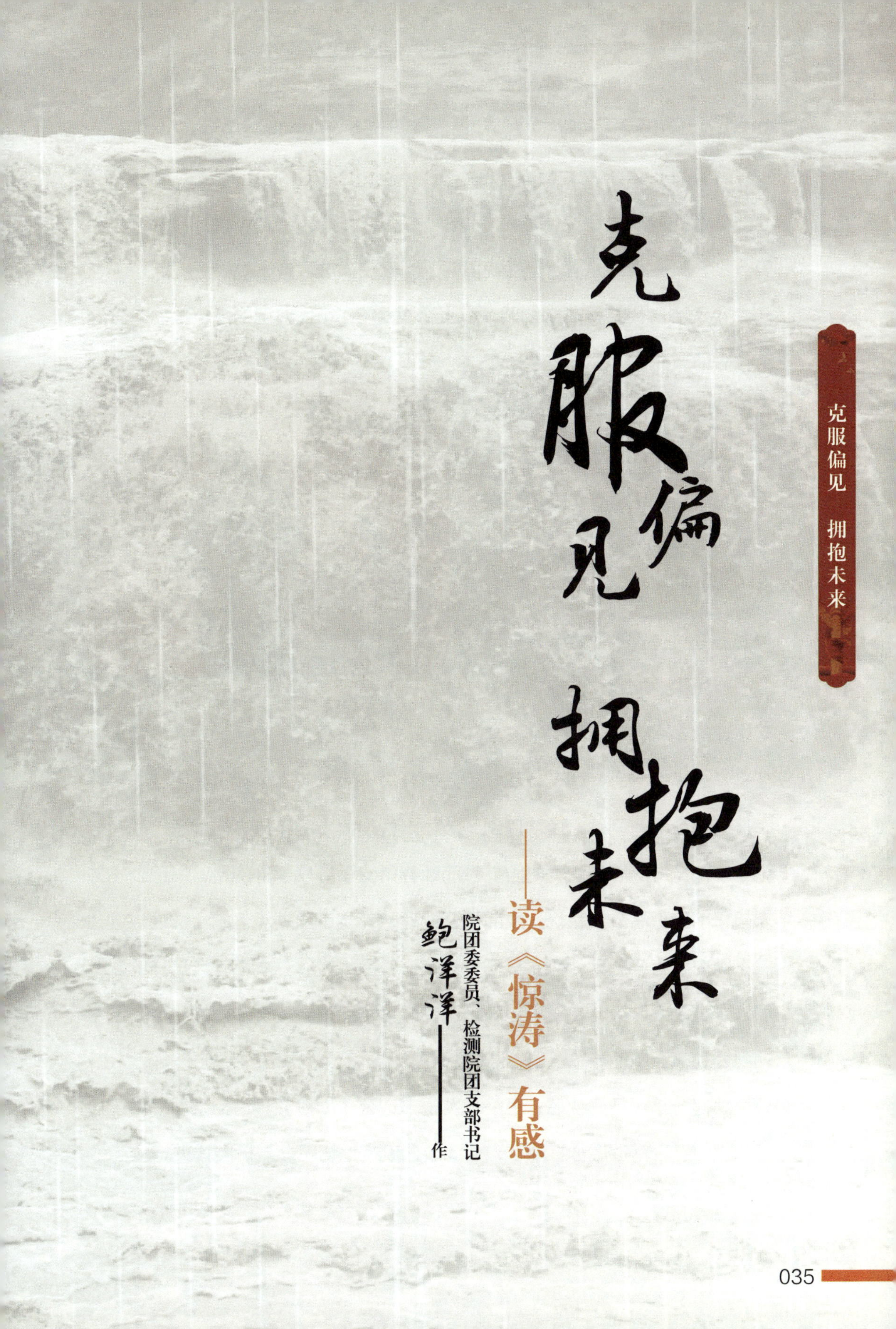

克服偏见　拥抱未来

——读《惊涛》有感

院团委委员、检测院团支部书记　鲍洋洋——作

陈世旭的短篇小说《惊涛》（小说二篇）刊载于《小说月刊》1984 年第 5 期，其中题一“宿怨”给我留下了深刻的印象。

小说的时代背景非常鲜明，有上个世纪 80 年代典型的承包鱼塘、分配工作等情节。主人公春甫是一个爱恨分明的退伍军人，曾只因不想听“当官的”话，把一船货丢了，损失了好几百块。春甫退伍后原本要被分配成为公安警察，却突然被公社书记的儿子顶替，这让他对那些“当官的”特别是书记公子产生了更加强烈的怨恨。没有生计的春甫，只能和父亲一起承包了一个没人看得上的几乎枯竭的鱼塘。在父子二人的精心打理下，几年后鱼塘获得了大丰收，但被其他眼红的村民举报承包合同有问题，鱼塘遭到了破坏。处理此事的正是书记公子，他有一张令春甫觉得厌恶的清秀的脸。然而让春甫父子颇感意外的是，书记公子并未因之前的积怨公报私仇，反而秉公处理，判定了鱼塘承包的合法性。这让父子俩内心有所触动，可春甫嘴上却依旧冷冷地说：“本来就该这样的。”后来发生了大洪灾，村子周边破圩了。春甫驾船去寻找被围困的父亲，途中遇到公社书记向他寻求帮助，他故意开着船擦着公社书记的小划子一闪而过，只为获得一丝报复的快感，最终却发现书记公子为解救春甫父亲而牺牲了自己的生命。春甫彻底被打动了，从此没日没夜地驾船参与抗洪救灾。

主人公春甫因为自身的经历形成了“当官的都不是好人”的偏见，固执

地认为书记公子是利用父亲权力而顶替自己的职位，一定不是好人，甚至会和自己产生积怨。春甫的内心在鱼塘归属问题的判决上受到了一次冲击，但并未完全改变自己的看法，直到发现书记公子舍命救人，才为自己内心的狭隘和偏见懊悔不已。春甫只是犯了一个大多数人都会犯的错误——偏见。在对待世界上的人和事物时，我们很容易因为片面或者错误的认知而形成先入为主的观念，最终看待和处理事情时发生偏差，也会让我们更倾向于意气用事，做出错误的选择，有时甚至会造成不可挽回的损失。庆幸的是，春甫最终完成了自我救赎，他家新屋的倒塌也暗喻了顽固的偏见荡然无存。坚韧的春甫超载运输抗洪物资，在大风里开船，虽然怀有强蛮的情绪，却让我们感受到他内心的善良和坚毅，也让我们对未来美好生活充满了期待。

《晏子春秋·外篇》中记载了这样一件事。孔子一行到了齐国，去拜见景公，而没有造访晏子。子贡就问到："拜见君主，却不去见他的执政大夫，可以吗？"孔子回答说："我听说晏子侍奉三位君

主而且都很顺利，我怀疑他的为人。"晏子得知后说："我世代为齐国子民，不维护我的品行，不辨识我的过错，是不能自立的。我以一心侍奉三位君主，所以顺利，如果以三心侍奉一位君主，也不可能顺利的。如今没有见到我的作为，而非议我的顺利，孔子的行为就像湖边的人非议山上砍树的斧头、山上的人非议渔网一样。以前我看见儒者很尊重他们，现在我倒觉得他们很值

得怀疑。”孔子听闻后，非常后悔地说：“我不知道真实的情况，就私下妄议晏子，实在是罪过。”最终登门拜访晏子并真诚道歉。

偏见对人的影响如此之大，圣人尚不可避免，那么我们如何才能够减少偏见呢？我想首先要认识到自身的局限性，明白自己存在思维盲区，对世界的认知是片面的。托尔斯泰说过：“多么伟大的作家也不过是在书写他个人的片面而已。”因此我们对待身边的人应该怀有一颗包容的心，应当少一些评判和指责，多一些沟通和理解，多进行换位思考。遇到问题时，不要急于下结论，要多收集信息，了解事情的来龙去脉。其次，要提升自我认知水平，保持终身学习的习惯，增加知识储备，尽可能地了解这个世界，理解事情发展的内在逻辑，认清事物的本质。最后，要始终保持独立思考的能力，不能随波逐流，尽可能多角度地看待和思考问题，摆脱思维定式，不断自我反省，提高判断能力。

只有我们每个人都努力改变自己，不断提高，才能像春甫一样破茧重生，勇敢地向着新生活前进，我们的社会也才会更加文明、包容、和谐、充满希望。

踏踏实实走好人生每一步

——读《人生》有感

院团委书记 孙李——作

《人生》是作家路遥创作的小说，也是其成名作，曾获全国优秀中篇小说奖，2018 年入选“中国改革开放四十周年最有影响力小说”，是一部中国当代文学经典力作。

小说的时空背景是上个世纪 70 年代末至 80 年代初陕北高原的城乡生活。那时正值我国改革开放初期，伟大的社会变革给当时的中国不论是城市还是农村，都带来了巨大的改变，也给处在时代洪流中的每个人带来了新的希望。而小说正是通过平凡的小人物的人生跌宕起伏，来反映恢宏的大时代在中国特色社会主义建设进程中留下的非凡印迹。

小说描写了农村出身的高中毕业生高加林回到土地又离开土地、再回到土地这样曲折的人生变化过程，构成了其故事架构。故事有两条线索，一条是主人公的工作线：高中毕业回到村里当了三年民办教师的加林，却被村大队书记的儿子顶替了，由教师变成了农民。而随着加林的叔叔从部队转业当了地区劳动局长，加林又被迅速“安排”了个县委通讯员的美差。可就在加林对未来人生怀着无数幻想的时候，一纸举报信又把他打回了原形，加林再次变成了农民。另一条线索是主人公的感情线：在加林失去教师工作、失望彷徨时，善良美丽的农村姑娘刘巧珍闯进了他的生活，为他带来了慰藉与希望；在县城，春风得意的加林遇到了体面漂亮的高中同学黄亚萍后，与巧珍分手，选择了亚萍，最终失去了内心像金子一般的巧珍。

这也正是年轻人最关心的人生两大主题：事业和爱情。

小说中，作者以柔和细腻的文笔，为我们描绘了农村的自然风光与风土人情，展现出改革给农村带来的新生机与新希望，也反映了农民依靠自己勤劳的双手过上好日子这最朴素的真理。小说充满了对农村、对土地的热爱与眷恋，充满了对平凡劳动者的讴歌与赞美。

小说的人物刻画摒弃了“脸谱化”的“文革”遗风，作者通过对每一个独立个体的传神描绘，使得人物形象更加立体、饱满、真实，既展现人性的光辉，又洞察人性的弱点，平实质朴的文字直抵人心、力透纸背。这在上个世纪 80 年代初期的文学作品中实属难得。如小说主人公高加林，他有理想，有抱负，不向命运低头，不愿一辈子沤在农村，想用知识改变命运，改写人生；同时，他既敏感，又自负，面对亚萍的追求，飘忽不定、痛苦煎熬，“搭梯子”“走捷径”的想法最终占据了上风，致使他抛弃了巧珍，这也体现了年轻人面对冲击和变化时所表现出的复杂性与矛盾性。

“人生的道路虽然漫长，但紧要处常常只有几步，特别是当人年轻的时候”，路遥把他最喜欢的作家柳青的一段话作为《人生》的引言，并用加林被贬回农村、巧珍嫁为他人妇这个惩罚性的结局亮出了自己的鲜明态度，也代表着那个时代绝大多数人的道德认知。小说中有这样一句点睛之笔：人应该有理想，但不能抛开现实生活去盲目地追求实际上得不到的东西，要正确对待理想和现实之间的关系，哪怕你的追求是正当的，也不能通过歪门邪道去实现。我想这也正是作者想通过发生在几个年轻人之间的故事来阐释的人生哲理：年轻人要走正路、守正道，只有靠自己脚踏实地的努力、真心实意的付出浇灌出来的果实才是最真实、最甜美的，而那些背离初心良知、热衷投机钻营的人，到头来终究逃脱不了南柯一梦终须醒、竹篮打水一场空的悲凉结局。

实干成就梦想，奋斗开创未来。马云曾说："18岁时我是蹬三轮车的零工，是《人生》改变了我的人生。"40年来，《人生》引导了无数的年轻人为了实现理想而奋斗拼搏。40年过去了，尽管时过境迁，但小说对于今天的年轻人依然具有较强的现实指导意义，小说所倡导的脚踏实地的作风、拼搏奋斗的精神和对真善美的追求，依然是当今社会的主旋律。我在品读时，亦是心潮澎湃，那种似曾相识之感不时涌上心头，过往的人与事不断浮出脑海，既使我重新内观了自己，又让我对青年成长成才路径展开了进一步的思考。

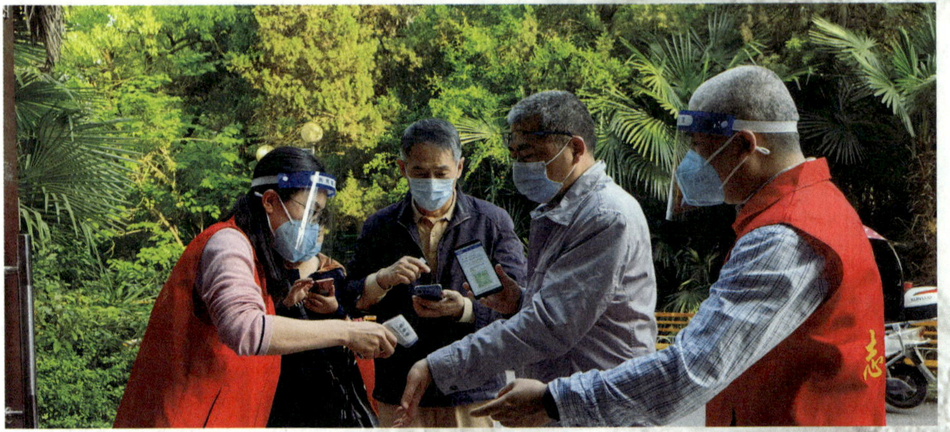

年轻人初入社会，涉世不深、经验不足、能力不够，但又往往有着心高气傲、眼高手低的毛病。就我院青年而言，大多毕业于名校、不少师出名门，有着较为扎实的理论知识基础，但是"纸上得来终觉浅"，"纸上谈兵"更是万万要不得的。我认为，想要真正学有所成、学有所用，不仅要向书本学，也要向身边人学、向工作实践学，还要有"吾日三省吾身"的自我批判精神。这就需要我们谦虚谨慎、勤奋好学，真诚待人、热忱工作，融入集体、放大格局，践行"绝知此事要躬行"的方法论。我想只要这样，就一定能在通用院这片科技创新的高地上较快地成长为行家里手。

年轻人也往往会面临工作生活中更多的机会与选择，如何才能在纷繁复杂之中真正做到“不畏浮云遮望眼”，辨真假、明是非，不跟风、不盲从，我认为，拥有过硬的品德修为至关重要。《左传》有云，太上有立德，其次有立功，其次有立言，虽久不废，此之谓不朽。故，人无德而不立，年轻人要不断修身立德，打牢思想道德根基，系好“人生第一粒扣子”，拒绝投机取巧，远离自作聪明。我想只要这样，就一定能在形形色色的诱惑与严峻复杂的考验面前保持定力、遵从本心、严守规矩。

作为引领、组织、服务全院青年的通用院团委，要履职尽责、勇挑重担，更加积极把握青年特点、关注青年需求、服务青年成长，与时俱进谋划开展工作，与青年同成长、共进步、心连心，助力我院青年早日成长为卓越工程师、卓越管理者、卓越领导者，做党的好助手、青年的真朋友。

时代各有不同，青春一脉相承。让我们在全面建设社会主义现代化国家、实现中华民族伟大复兴中国梦的新征程上，在合肥通用院改革创新高质量发展的新时期中，以拼搏致理想、以奋斗致青春，踏踏实实走好人生每一步，抵达我们心之向往的美好明天，交出属于我们这一代的青春答卷。

坚持实事求是

——读《品茶》有感

环境公司科普环保分离机事业部团支部委员

朱碧肖——作

《品茶》刊登于 1984 年《小说选刊》第 9 期，作者刘学林。该篇小说曾获 1984 年《奔流》佳作奖，后于 2009 年被翻译成匈牙利文，入选匈牙利出版的《二十世纪中国短篇小说选》。

该篇小说围绕一次品茶事件展开，人物按出场先后顺序有县委宣传部部长上官楼、县文化馆馆长田学礼、招待所所长赵磊、县文化馆创作员牛放和县文化局局长何畔。作者详细介绍人物的名字、身份、相貌等特点，并从言语、动作上把人物身上的特点展现得淋漓尽致，如小青年牛放，由于年龄及职位的关系，很明显与其他四位人物不在一个层次上。小说开端牛放在上官部长走向厨房去烧水的时候，会主动提出“部长，我来吧”，并将水烧好拿到会客室。牛放作为一名小青年本不该出现在这样的场合，虽然文中作者交代了原因——“因为在省报上发表了一篇小说，部长很看重的”，实则是为后面剧情的发展埋下伏笔。

小说名为《品茶》，首先得有茶，茶从何来呢？茶是上官部长从杭州出差带回来的龙井名茶，因此特地邀约好友到家中品茶。何局长作为爱茶人士及上官部长家的常客，文中大量篇幅描写何局长对茶艺的精通，从泡茶的水温、水的出处到泡茶的器具等，说起来头头是道，显然是一位专业的品茶人士，对名茶龙井的评价都与别的人物不同，显得专业、有水准。田馆长和赵所长把何局长当作品茶的权威，纷纷跟着赞赏茶水，虽说不一定品得出其中滋味，但是也有模有样的。至此小说描绘的是一幅热闹的品茶场景，若故事继续朝着这个方向发展，想必结局会是个有说有笑、热热闹闹的画面。当然，如果这样的话，作者也没有必要写这篇小说了。

故事发展至此，该轮到小青年对茶作出评价。小青年毕竟来自农村，带着些许激动和兴奋，连品茶都显得有些粗鲁。意识到自己喝得太快，并未品出什么味儿来，但是又要对茶发表评价，因此小青年放慢速度又喝了一口，但还是没有品出何局长及诸位所说的感觉，却品出柳叶水的苦涩味，并发现杯中茶叶里有不少是柳叶。此刻该如何回答上官部长的问话？小青年的心中出现了两种选择：其一，跟着权威夸奖几句；其二，说出自己的发现。当然，小青年就是小青年，没有考虑太多，直接选择了后者，当众说出了实话，龙井茶是假的。在众人质疑一番之后，小青年仍然没有意识到问题所在，还拿出《新民晚报》上的报道做证据。对于小青年发现的问题，大家自然不信，何局长从茶叶专业性的角度连番追问，小青年一句话也答不上来，因为他不懂茶，最多只能分辨出茶叶和柳叶的不同，也正是因为这点，他才发现了龙井茶的秘密。最后何局长这位品茶权威发言了：“难得的真品”，算是对龙井茶的真伪进行了“认证”，大家才又继续品茶。作者在故事的结尾道出了真相，原来小青年的判断是正确的，龙井茶确实是假的，而且何局长一开始就知道，但为了不拂上官部长的面子，才演了这一出权威论证的好戏。

读罢，我再次被人性这种趋利避害的行为所震颤，作者想表达的是官场生存法则，这让我想到安徒生创作的童话《皇帝的新装》，与小说有一些相似之处，童话中的小孩就自己亲眼所见，喊出了“他什么都没穿啊”，以此戳穿了骗子的谎言。在某些特定的场合下，很多人顾虑太多，不敢说实话、不敢质疑权威，如何局长因顾虑上官部长的面子，选择不说实话，田馆长和赵所长因为不敢质疑所谓的权威，选择盲目跟从。只有这位涉世未深、阅历尚浅且留有农民淳朴气息的小青年，才敢说实话、才敢质疑权威。但是小青年的结局如何？作者没有给出答案。也许何局长也曾如小青年那样，敢于说实话，只是经过多年官场的沉浮，磨去了棱角，才如今日这般，未可知；也许小青年经过多次的碰壁，也会如田所长等人，选择盲从，也未可知。

现实中人们的谈话中有多少句是实话？而我们又能否辨别其真伪？我们的生活需要实话，我们有被告知真相的权利。我们也要敢于说实话，坚持实事求是，积极营造良好的社会风气。

作为一名科研人员，我们要大力弘扬和践行科学家精神，追求真理、严谨治学，勤于探索、善于发现，坚持真攻关、攻真关，奋力解决“卡脖子”技术难题，实现关键核心技术自主可控，为我国科技强国建设贡献青春力量。

播撒善良的种子

——读《今天接着昨天》有感

通用学院团委副书记 李莹莹——作

1984年第8期《小说选刊》上发表了冯骥才的小说《今天接着昨天》。小说描写了一个起大风的夜里，一个第一次准备行窃的小伙子与一位老婆婆之间发生的故事。小伙子原计划到住在长途汽车站旁的老婆婆家行窃，却不想被老婆婆误认为是等车的赶路人，拉进了老婆婆那又大又空，既不温暖，也不明亮的房间内。进屋后，小伙子四处查看，原想夺路而逃，而老婆婆却开始向小伙子倾吐起悲伤的往事。小伙子一开始在老婆婆的回忆中焦躁不安，但当他得知老婆婆的儿子是为救一个孩子而不幸去世时，小伙子的心里怦然一动。原来他小时候也有一名青年为救他而离开了这个世界……正是这段类似的经历，让小伙子突然醒悟到自己的命是另一条命换来的，用别人的生命换取的生命是负有责任的。最后，他开口对老婆婆说："我就是被您儿子救活的人，找您来了！"此时老婆婆的心和全身被强烈的温暖包裹起来。老婆婆的倾诉，无形中挽救了绝望、自甘堕落的小伙子，而小伙子也温暖了原本对生活充满悲伤和绝望的老婆婆的心灵，让她再次燃起生活的希望。正如小说最后所写的那样：在这样人性的光辉下，风无声无息地停止了，"明洁的晨曦，静悄悄爬上这结满冰花的大窗户，展开一片晶莹而纯净的境界"。

冯骥才在这篇小说中，聚焦了小伙子和老婆婆这样平凡的小人物命运，创设了奇巧、悬疑的故事情节，把人物身上的人性光辉和温良特质呈现在读者面前，驱除了人们内心的孤寂和冰冷。小说中蕴涵的温和善良，是中华优

秀传统美德，“润物细无声”，潜移默化地影响着我们的思想和行为。老婆婆儿子的善良挽救了一个落水的孩子和他的家庭，老婆婆的善良挽救了一个即将误入歧途、自甘堕落的小伙子，而小伙子的善良同样温暖了老婆婆的心。

“勿以善小而不为，勿以恶小而为之。”小说中小伙子和老婆婆身处逆境，他们都经历了绝望和挣扎，但在严峻残酷的生活考验面前，他们依旧心怀善良，守住底线，选择向阳而生，也最终迎来生活的新希望。

我作为通用学院一名参加工作十余年的辅导员，寒来暑往、冬去春来，迎来一批批新同学，送走一批批毕业生，就像一个摆渡人一样，把我的学生们送到更加光明的彼岸。我珍惜与他们共同相处的日子，每当他们在学习、生活、情感等各方面遇到困难和挫折时，我都会第一时间走近他们、倾听他们、开导他们，帮他们解决那个年龄段中所谓的“大问题”；而学生们同样予我以温暖和感动，不经意间的一个视频、一束鲜花、一条短信都会给予我无穷的力量，使我的内心更加温润充盈。

德国哲学家雅斯贝尔斯在《什么是教育》这本书中写道：“教育的本质是：一棵树摇动另一棵树，一朵云推动另一朵云，一个灵魂唤醒另一个灵魂。”在今后的工作中，我也会继续带着爱与责任来引导、关心、帮助每一个学生，传递温暖、播撒善良，让善良的种子在学生的心中生根发芽、开花结果，进而帮助和温暖更多的人，正如一首歌所唱的那样——“只要人人都献出一点爱，世界将变成美好的人间”。

策马踏风雪　扬鞭会有时

——读《春天》有感

环境公司流体机械事业部团支部委员
李欣——作

《春天》这篇小说的作者是张承志，来自《小说选刊》1983 年第 8 期，讲述了少年马倌乔玛为了阻截受惊马群，防止它们在暴风雪中被冻死，与暴风雪进行殊死抗争的故事。

乔玛是东乌珠穆沁草原的一个马倌，在他的眼中当马倌是一件既威风又舒服的事，只是在下马夜和寻找马群时受点罪，但这在少年乔玛眼里当然不是什么大事。这天，他在睡梦中被奶奶叫醒，脑中回想的还是刚刚梦中姑娘的面容。奶奶叮嘱他带上雨衣，乔玛却因为没有找到自己那宽大严实的帆布雨衣便随手拿了奶奶的破塑料雨衣跨进了冰冷的雪夜，这一漫不经心随手的动作为乔玛的结局埋下了伏笔。

乔玛出了毡包的门才发现马群受到暴风雪的刺激消失在雪夜里，他定了定神，拿着套马杆去追马群。乔玛伏在马背上疾驰在风雪中，雪片不停地贴到他的脖子上，化成冰凉的水顺着脊梁流下去。当他追上马群时，已经是下半夜了，领头逃窜的那匹马叫安巴 · 乌兰，它在乔玛眼中就是一个白色恶魔，因为安巴 · 乌兰能拉翻一个个套马的大汉。乔玛想：这匹马有一个钢铁般的脖子，我若是套住它，它会把我的胳膊拉断的。乔玛一开始对这匹马是充满恐惧的，但他必须在乌拉盖河以北截住马群，否则四百匹马就会成堆成团地冻死、淹死在冰冷的泥水里。

为了截住马群，乔玛觉得需要换一匹更快的马追上安巴 · 乌兰，他选了最中意的黄骠马来扭转颓局。当到达乌拉盖河的时候，他看到马尸——像堆了一堆石头在水面上。此时的乔玛为了保住他的马群，哑声吼着，尖声叫着，拼命抡圆马杆子，将马群赶上木桥，在这场紧张的保卫马群的战斗中，他获得了暂时的胜利。此时的安巴·乌兰正目不转睛地注视着他，或许是惊异于他的勇气和力量，可是乔玛却并没有底气战胜自己内心对安巴·乌兰的恐惧，他避开了那匹马的目光。安巴·乌兰并不打算停下，它高高跃起，轻巧地落到了对岸，带领马群继续顺着风雪奔跑。

此时的黄骠马已经没有了力气，乔玛又选择了六岁的铁青马，因为只有铁青马的速度才能超越安巴·乌兰。他费尽了力气，几经周折，牙齿也在暴风雪中被冻坏了。他明白只有套住安巴·乌兰，才能让马群停止奔跑。他从牙缝中挤出哨声，骑着铁青马追上了安巴·乌兰，横马堵在安巴·乌兰前面。经过乌拉盖河一役，乔玛变得成熟多了。他逐渐战胜了自己，不再对安巴·乌兰有任何畏惧，他勇敢地面对白马凶狠的眼睛，利用自己和冻僵的铁青马形成一个门户，诱导着安巴·乌兰闯过这道“门”。他保持着从未有过的冷静和清醒，运用了所有的智谋和力量，将柔软的柳木长杆在空中划过一个好看的、简直是优雅的弧，安巴·乌兰被他干脆利落地摔了个筋斗，惊慌失措地爬起来，害怕地一步步踱开。铁青马则是一动不动地站在雪地上，它被风雪冻僵的躯体，庄严地屹立着，成为他胜利的见证者。乔玛虽然截住了马群，自己却被风雪冻坏了身体。渐渐地，风雪停了，春天的风暖暖吹来，乔玛却在这轻柔和煦的春风里闭上了眼睛。

乔玛在这场特殊的战斗中迅速地成长，由一个又懒又馋、强打精神的“胆小鬼”，成长为一名指挥若定、骁勇善战的草原雄鹰。他战胜了自己，超越了自己。正如作家海明威所说：“人可以被毁灭，但不能被打败。”乔玛的肉体虽然被冻坏了、打败了，但他的灵魂却永远不能被打败、被消灭。乔玛终于胜利了！风雪要停了，美好的春天终于到来了！

回顾这场战斗，帆布雨衣是乔玛性命攸关时最重要的救命道具。奶奶在乔玛出门前叨叨絮语，告诫疼爱的孙儿一定要拿上帆布雨衣，可年轻气盛、心高气傲的乔玛低估了暴风雪的凶险，没有把奶奶的话当回事。乔玛的天真烂漫和奶奶的反复叮咛，形成了鲜明的对比。奶奶从来都把马群下夜当作一件大事，一直在门外守候到半夜，亮着手电光，吆喝着，直到邻居出来换班。因为她饱经了自然的风霜，所以从不敢有丝毫懈怠。她很清楚年轻人的不知天高地厚，于是她心急如焚地叫着："雨衣！"可是她的乔玛却满不在乎。奶奶就怕他"左耳朵进，右耳朵出"，只好临睡前又一次地自语："带上雨衣，嗯，春天雪湿呀……"然而乔玛却怕鞍上拴了帆布雨衣会遮住漂亮的银鞍，自己就不能在心爱的红花姑娘面前显摆，最后他只顺手带了奶奶的破塑料雨衣便出门了。因为缺乏经验，不曾真实地感受过大自然的残酷，乔玛浪漫天真的态度使他最终丢掉了性命。

小说中，住在东乌珠穆沁草原最偏僻小山坡上的驼背老人，跟故事的主人公乔玛没有发生任何直接的关系，但文中却在开头、结尾两次提到这个神秘的老人，他似乎只是静静地述说着冬去春来，风雪来了又去，万物重新焕发出生机。古怪的驼背老人总是"念念有词地絮叨""不停地絮叨""絮絮不休地说着"。他长期孤单生活，没有人去倾听他在絮叨些什么。年轻的骑手们对他不屑一顾，唯恐避之不及，没有人肯听他那饱经沧桑的叮咛，也无人肯到他那熏得黑黑的三角包里向他询问，他只能"自语"，和草地、靴子，还有拾来的牛粪谈心。然而 35 年放马生涯的磨砺，造就了他对神奇的大自然未卜先知的能力。在暴风雪即将来临之前，他喃喃自语道："来啦，它来啦……它来啦，要下大雪啦。"可又有谁听到了他的预言和忠告呢?

当春天里肆虐的暴风雪毁灭、卷走 13 条马倌的生命，血淋淋的教训使得草原上的一些骑手恍然大悟时，他们来请教这位原先不起眼的驼背老人，但驼背老人却默默地走出了毡包，独自眺望草原上的那片新绿，自语道:"春天来啦!"驼背老人昨天的不幸，也许和乔玛今天遭遇的噩梦如出一辙。乔玛没死的话，他也许会是草原上闻名遐迩的套马手，因为他不单保住了马群，而且摔倒了大名鼎鼎的安巴·乌兰这匹东乌珠穆沁草原上不可战胜的神骥。假如他有幸活下来，或将不再是一个英挺伟岸的帅小伙，他会和驼背老人一样，在饱经风霜的摧残后变成一个遍体鳞伤、身材矮小、面容黑紫、浑身疙瘩的套马人，面部没有了牙齿支撑，开始松弛变形，丑陋的外形让人嫌憎，孤独地活着，成为另一个住在熏得黑黑的小三角包里、无人问津的佝偻驼背的矮小老人。

"春天"充斥着浓厚的象征意义，它代表爱意，是乔玛幻想那位红花姑娘时所表露出的懵懂的、魂牵梦绕的情感；它代表勇气，给予乔玛在与安巴·乌兰交锋时出乎意料的力量；它代表生机，万物更替，周而复始……《春天》寄托了作家的沉思，是对生命价值、人生理想的呼唤，希望人们在困境中，用一种开朗的、进取的态度看人、看社会；坚定地、执着地、一往无前地朝着目标前进，同时也要学会吸取经验教训，避免因为一时的疏忽酿成大错。易卜生曾说过："不因幸运而故步自封，不因厄运而一蹶不振。真正的强者，善于从顺境中找到阴影，从逆境中找到光亮，时时校准自己前进的目标。"作为青年一代，在前进的道路上，总免不了面对各种困境，但我们需要时刻铭记自己应当承担的责任，勇敢地面对自己内心深处的恐惧，谦虚谨慎、全力以赴地追寻目标、战胜困难，才能在工作、生活中尽情地发出自己的光热，迎来崭新的"春天"。

致敬工匠精神

——读《八级工匠》有感

环境公司压缩机事业部团支部书记 刘志龙——作

《八级工匠》是邓刚创作的优秀短篇小说，刊登于 1983 年《小说选刊》第 1 期。小说讲述的是 20 世纪 80 年代，我国某工厂在一次进口美国大型石蜡成型机的安装调试过程中所发生的故事。

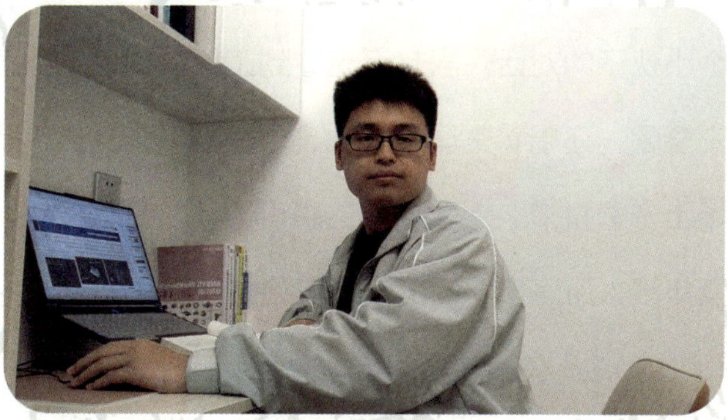

小说的主人公赵宝元是一位抗美援朝老兵，退伍后被分派到这个厂的安装队，是这个安装队的主要负责人，主要负责工厂设备的安装与调试。在这次石蜡成型机安装过程中，面对美国专家高超的工作能力和严格的劳动纪律，赵宝元年轻的徒弟们都充满了羡慕和赞赏，而对自己十八般武艺样样精通的师傅的技术嗤之以鼻。在他们眼里，一打眼就能看出偏差多少毫米、手一摸就知道加工面的光洁度是几花几的功夫早已过时，赵宝元浑身的本事都一文不值了，被这个时代淘汰了。正当人们对美国专家佩服得五体投地时，故事却发生了戏剧性的转折，由于零部件之间的尺寸差距甚微，美国专家在安装传动系统时，零部件安装错误，差点造成链条断裂、机毁人亡的惨剧。千钧一发之际，赵宝元当机立断、果断停车，用被徒弟认为早已过时的技术迅速找到外形一致但尺寸稍有不同的零部件。排除故障后，赵元宝斩钉截铁地发布试车命令，并且取得了成功。车间里响起了热烈的掌声，年轻的徒弟们重新对师傅竖起了大拇指。

读完小说，让我感触颇深的场景有两处。一处是在安装设备时王主任与赵宝元的对话。小说写到，当年曾经大力宣传赵宝元在抗美援朝战场上光荣事迹的王主任，为了不让美国人误解，令赵宝元把胳膊上的那条宣扬战绩的酱紫色刀疤用衣袖遮住，赵宝元忍不住流下了泪水。在我看来，老兵的落泪并不全是因为要屈辱地遮住刀疤，更是因为在那个我国科技落后的年代，国家还不能自主设计生产这种大型自动化设备，迫不得已引进西方设备，使他的自尊心受到了伤害，这是他不愿接受的。另一处是安装过程中赵宝元和几个小伙子的对话。当赵宝元看到工厂小伙子们头顶自己写上去的“USA”的安全帽，还唱着美国歌曲时，他愤怒呵斥。在我看来，他愤怒的是那股在战场上奋勇拼搏、保家卫国的拼刺刀精神在如今的年轻人身上已荡然无存，以及年轻人所表现出的民族意识和民族自尊心淡化的现象，这是他不能接受的。

小说多次通过赵宝元、年轻徒弟、王主任和美国专家之间的对话、心理和行动的细节刻画，凸显八级工匠赵宝元那有血性、肯钻研、不服输，并极具爱国情怀的中国工人的鲜活形象。

小说的结尾，在大家都沉浸在开机成功的喜悦气氛中时，赵宝元的一句“瞎乐什么！你当这台机器是咱们自己造的？”使整篇小说戛然而止，又令人回味无穷。

今天，虽然距小说中故事发生的年代已过去了四十年，但是故事中类似的情形在我们身边仍有发生，在很多领域，我们的关键核心技术受制于人的局面尚未根本改变，而改变这种局面的关键，唯有创新。正如习近平总书记所深刻指出，创新是一个民族进步的灵魂，是一个国家兴旺发达的不竭动力，也是中华民族最深沉的民族禀赋。当今世界，唯有不断创新才能决胜未来，唯有不断创新才能抢占先机。

青年强则国强。前辈们为我们创造了和平的发展环境、打下了坚实的物质基础、提供了可以一展身手的舞台，乘着新时代东风的我们，更应踔厉奋发、笃行不怠，像小说中赵宝元说的那样：“拼刺刀的时代过去了，但是拼刺刀的精神一点也不能少！”

作为青年科技工作者，我们要传承和发扬工匠精神，着力提升科学技术水平，攻坚克难、精益求精，以一流的科技成果服务行业发展和社会进步，为中华民族伟大复兴中国梦的早日实现，跑出我们这一代的好成绩，贡献出我们这一代的新力量。

笔落于此，内心依然久久不能平复，以读《八级工匠》之感，向所有秉承工匠精神、奋战在科技创新工作一线的人们致敬！

做一颗平凡闪亮的星

——读《兵车行》有感

院团委委员、技术部团支部书记 王哲——作

1983 年，军旅作家唐栋登上喀喇昆仑山脉海拔 5300 多米的神仙湾哨所后，感慨于所见所闻，创作了短篇小说《兵车行》，为我们描述了这样一颗“星”，一颗默默发光的“星”，一名伟大而又普通、崇高而又平凡的“大兵”——上官星。他是千千万万个人民子弟兵中的一员，是为守卫祖国的边疆而英勇献身的最可爱的人。

故事开始，女卫生员秦月接到去 5700 哨卡处理病员的任务，偶然搭上了巡逻车司机兼勤杂班班长上官星的军车。在去哨卡的过程中，他们肩并肩共患难，经历了满是白骨的死人沟，强过了河水暴涨的冰河，建立了深厚的革命情谊。在天神大坂遇到暴风雪后，上官星强忍疲惫和缺氧、顶着刺骨风雪步行去前方搬救兵，最终到达 5700 哨卡。然而，一个月后，他却在徒步为队伍探路的过程中发生意外，不幸陷入雪窟而牺牲。

上官星的身世是悲惨的、坎坷的。他的父亲“文革”时被下放到新疆塔里木劳动改造，平反后本可以一家返回江南老家——苏州，可是上官星选择留在边疆，毅然参军，在雪域高原上为国戍边，过着单调的生活，单调到工作就是他生命的全部。

最令我感动的是上官星处在艰难困苦环境下，仍然保持一颗乐观向上的心。童年的不幸、家人的冷漠、戍守边疆的困苦，并没有使他阴郁消沉，相反，他从不幸中找到了奋发向上的动力。上官星说：“一个人的生活要是太顺利了，倒是一件不幸的事。遭遇，是我最伟大的老师，也是我最宝贵的财富，它会使人在遇到峭壁时，想到的不是绝路，而是梯子。” 主人公用自身的遭遇给我们上了生动的一课，每个人的生活中都会遇到各种各样的挫折，有困难、有压力并不可怕，只要保持积极乐观的精神，化压力为动力，就能在悬崖绝壁上开出一朵纯洁剔透的雪莲花。

《兵车行》通过对主人公的描述，展现了平凡而又伟大、渺小而又崇高的边防战士的精神境界，用伙伴一样亲切的视角，让我们走近喀喇昆仑山上边防战士们的真实内心。读完，我的眼睛里不由自主地蒙上湿润的雾气。

小说中描述了一个让我印象颇深的场景。一次，由于大雪封山，连队断了三个多月的蔬菜，许多人的身体都垮了。炊事员从菜窖的废菜叶子里好不容易拣到一把韭菜根，熬了一碗菜汤，但战士们传来传去都不舍得喝，最后还是让给了两个病号。这些边防战士们在喀喇昆仑山这个被医学专家称为“生命禁区”的地方不仅站住了脚，而且寸步不让地把守住了国门。

战争是残酷的，杜甫曾作《兵车行》描述人哭马嘶、尘烟滚滚的战乱场景：“车辚辚，马萧萧，行人弓箭各在腰。耶娘妻子走相送，尘埃不见咸阳桥。牵衣顿足拦道哭，哭声直上干云霄……或从十五北防河，便至四十西营田。去时里正与裹头，归来头白还戍边。”我们 80、90、00 后的青年生于和平、长于改革开放后人民物质生活水平大幅提高的年代，坦率地说，包括我在内的很多青年人觉得雪域高原的边塞军旅生活甚至战争离我们似乎陌生而遥远，也鲜有紧迫感和危机感。然而，2020 年 6 月喀喇昆仑高原的边境冲突让我们警醒。身先士卒的团长祁发宝，牺牲的烈士陈红军、陈祥榕、肖思远、王焯冉，在面对外军暴力挑衅时，奋不顾身、英勇战斗的场面深深地

震撼了我们。

边防战士们不仅要面对恶劣自然环境的巨大挑战，还要做好随时为守卫祖国领土而献身的准备。他们是坚毅的，无论条件多么艰苦，他们都义无反顾地驻扎在遥远边疆；他们是崇高的，为了国防事业，他们奉献青春、挥洒汗水；他们是伟大的，用自己的血肉之躯，筑起了一道坚如磐石的防护墙，守护祖国和人民的安宁。

当夜幕降临，人们安睡后，有漫天的星星默默地守护着我们，虽然每颗星光是微弱的，但群星闪耀时，却是最美丽动人的风景。那些守护国门的战士，就是我们心中的“星”。

感悟当下，习近平总书记深刻指出，在世界之变、时代之变、历史之变的百年未有之大变局下，和平与发展的时代主题也面临着严峻的挑战。其实我们身边也存在大大小小不同形式的“战争”，如疫情阻击战、科技强国之战等。在抗击新冠肺炎疫情之战中，一个个白衣天使、基层工作者、志愿者以及我们普通社区居民都是如边防战士般坚守在平凡工作岗位上的“星”，照亮了抗击新冠肺炎疫情阻击战的征途。而在科技强国的征程上，各个领域的科技工作者为奋力解决“卡脖子”技术难题，实现关键核心技术自主可控、实现我国科技自立自强，勇做一颗颗埋头苦干、矢志创新的“星”。

习近平总书记深情寄语新时代青年：今天，我们的生活条件好了，但奋斗精神一点都不能少，中国青年永久奋斗的好传统一点都不能丢。我作为一名从事无损检测新技术开发的青年，在学习和工作中也曾有迷茫、徘徊，对研究的不确定性和失败感到恐慌。小说中的上官星给了我启示和鼓舞，面对失败和挫折时，我们要保持乐观的心态，以不懈探索的精神和科学精准的工作，构建属于自己的“峭壁上的梯子”，勇攀科技创新的高峰。

未来属于青年，希望寄予青年。中华民族伟大复兴的中国梦要在一代代青年的接续奋斗中实现。年轻的我们要笃行不怠，只争朝夕，愿每一个人都能成为那颗点亮自己、照亮他人的平凡闪亮的“星”！

附　录

学习贯彻党的二十大精神 纪念建团100周年活动篇

2022年是党的二十大胜利召开之年，恰逢中国共青团成立百年，在合肥通用院党委的支持关怀下，团委通过组织开展系列特色团建活动，引领青年思想、展现青春风采、凝聚青春力量，鼓舞团员青年勇做合肥通用院奋进“三个年”的新时代弄潮儿。

合肥通用院举办“迎接党的二十大　纪念建团百年”党建带团建座谈会，党委书记、董事长王冰出席并讲话（2022年4月）

合肥通用院党委书记、董事长王冰在“迎接党的二十大　纪念建团百年”党建带团建座谈会上作题为“永远不要给人生设限”的讲话，讲授合肥通用院青年素养提升工程第一课（2022 年 4 月）

五任团委书记话团情

附　录

合肥通用院领导向青年代表赠书

座谈会现场

党委书记、董事长王冰在青年歌唱比赛上作总结讲话（2022 年 11 月）

“唱响新时代　一起向未来”青年歌唱比赛合影（2022 年 11 月）

党委副书记窦万波为一等奖获得者颁奖

财务总监陈晓红、纪委书记周斌为二等奖获得者颁奖

副总经理田旭东为最佳风采奖获得者颁奖

党委委员陈永东、工会主席李江为三等奖获得者颁奖

独唱《东方之珠》

独唱《我的祖国》

独唱《精忠报国》

独唱《卓玛》

独唱《最美的太阳》

表演唱《错位时空》

独唱《红旗飘飘》

独唱《倔强》

独唱《向天再借五百年》

对唱《风吹麦浪》

黄梅戏演唱《天女散花》

开场舞《我们都是追梦人》

女声二重唱《让我们荡起双桨》

女声二重唱《相约一九九八》

小合唱《歌唱祖国》

小合唱《没有共产党就没有新中国》

小合唱《我和我的祖国》

小合唱《再过二十年我们来相会》

小合唱《祖国不会忘记》

主持人登场

合肥通用院视频参加集团党委学习贯彻习近平总书记在庆祝中国共产主义青年团成立 100 周年大会上重要讲话精神大会，并作共青团工作交流汇报（2022 年 5 月）

合肥通用院举办团史知识竞赛，党委副书记窦万波为获奖集体和个人颁奖（2022 年 8 月）

合肥通用院团委专题学习党的二十大精神（2022 年 10 月）

合肥通用院团委专题学习习近平总书记在庆祝建团 100 周年大会上重要讲话精神（2022 年 5 月）

喜迎二十大 永远跟党走 奋进新征程

青年素养提升工程

合肥通用院书画展

「典」亮吾初心 「通」力向未来

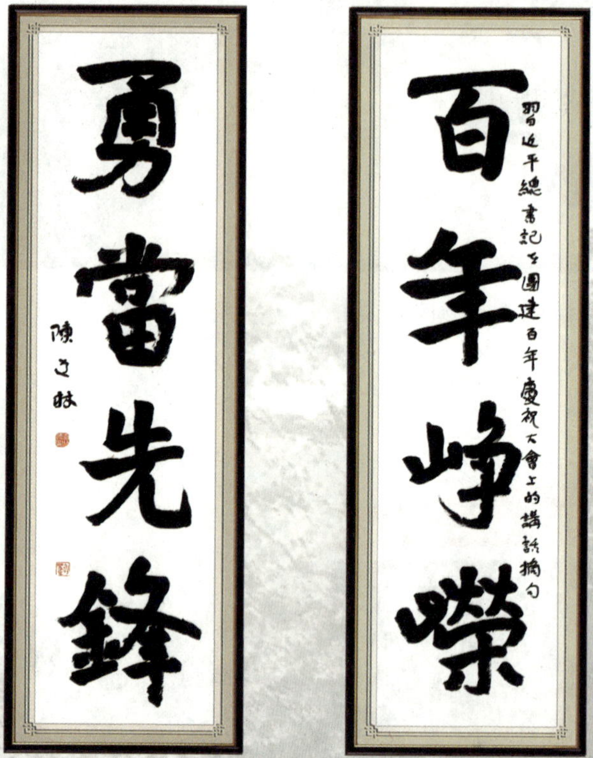

《百年峥嵘　勇当先锋》——陈道林

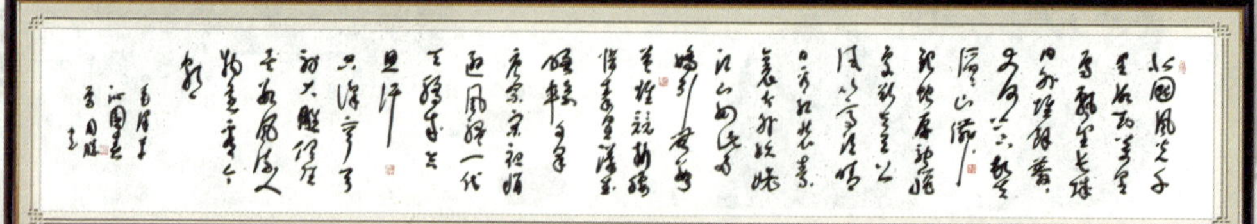

《沁园春·雪》——江用胜

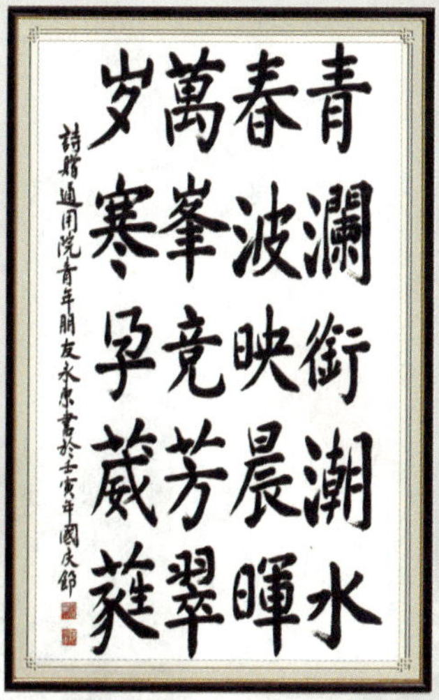

《青春万岁》——陈永东

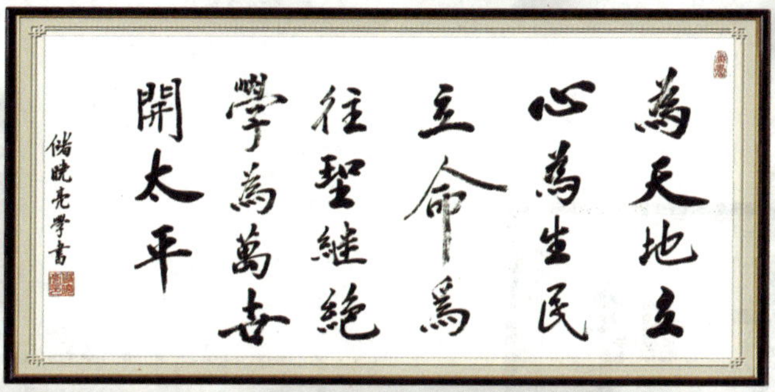

《横渠四句》——储晓亮

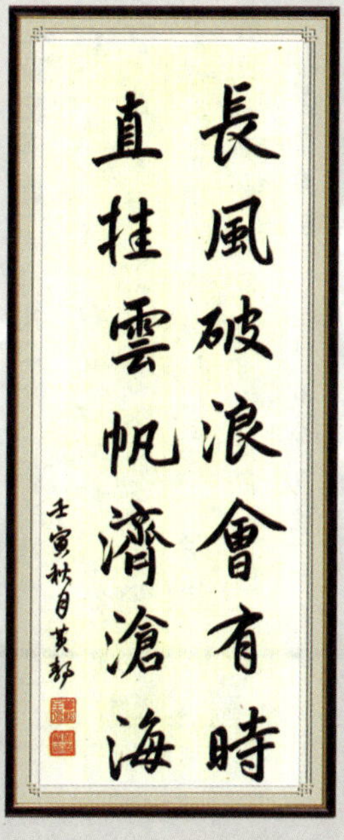

《行路难·其一》——黄静

《迎二十大青年共勉》——廉晓龙

《奋斗》——李梅

《光荣啊！中国共青团》——徐亭亭

《论党的青年工作》摘选——刘孝根

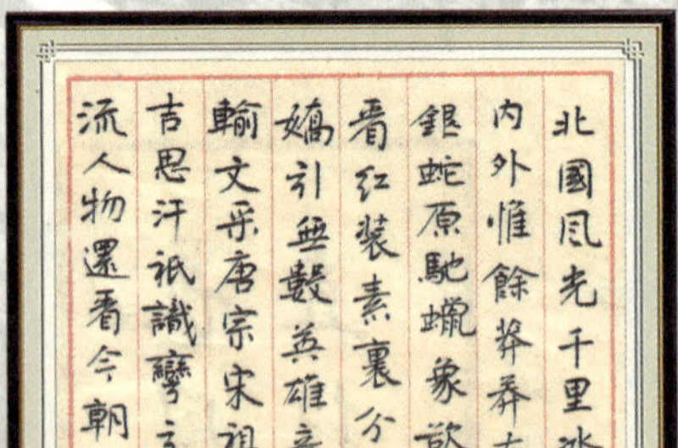

《沁园春·雪》——苟盼

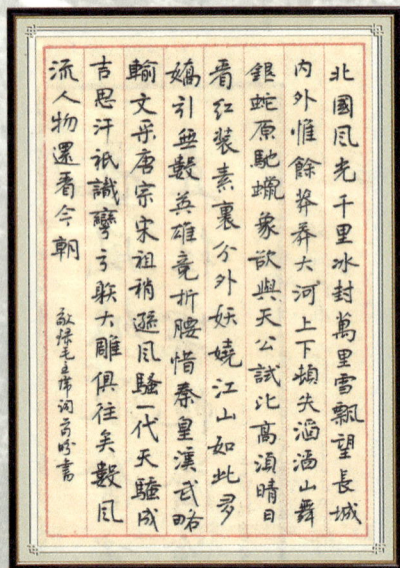

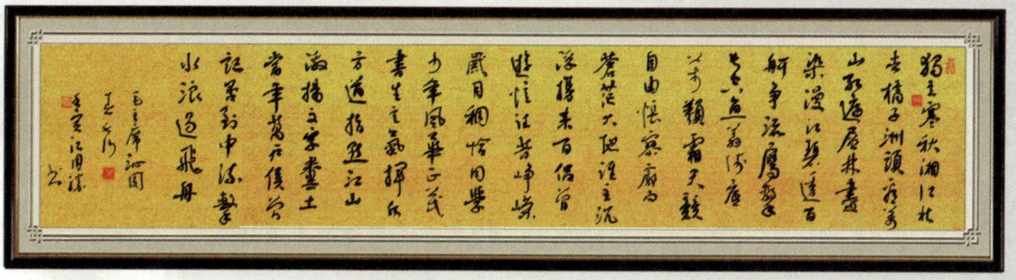

《沁园春·长沙》——江用胜

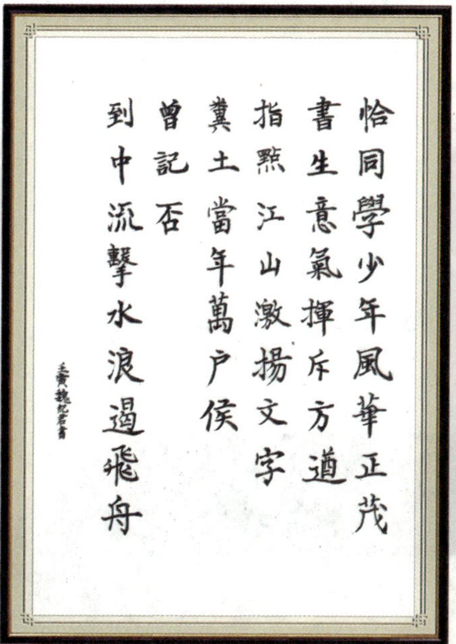

《沁园春·长沙》节选——魏纪君

《少年中国说》节选——孙之虎

庆祝建党 100 周年活动篇

2021 年合肥通用院举办了“百年岁月正风华　一曲颂歌献给党”庆祝中国共产党成立 100 周年文艺汇演，团委积极组织动员青年参加，用自编自导的形式表演了多个节目，以表赤诚之心。合肥通用院还创立了青年大讲堂，建设了青年之家，举办了第七届“五四青年奖”表彰大会暨“学党史、强信念、跟党走”主题团日活动，引领广大团员青年听党话、跟党走，用闪亮的创新创效业绩向党的百年华诞献礼。

组织参加合肥通用院庆祝建党 100 周年文艺汇演（2021 年 6 月）

表演唱《青春之我》

五任团委书记小合唱《喀秋莎》

表演唱《我们都是追梦人》

舞蹈《理想照耀中国》

舞蹈《灯火里的中国》

独唱《怀念战友》

歌舞表演《少年》

韵律操《奔跑的青春》

部分演职人员合影

安徽省直工委书记朱斌为合肥通用院青年大讲堂作首场报告，宣讲习近平总书记“七一”重要讲话精神，合肥通用院党委书记、董事长王冰主持（2021 年 8 月）

党委书记、董事长王冰出席合肥通用院第七届“五四青年奖”表彰大会暨 2021 年度青年科技基金项目发布会暨“学党史、强信念、跟党走”主题团日活动，并发表题为“笃学敏思青春有你恰风华 矢志创新奋斗有你正当时”的讲话（2021 年 4 月）

合肥通用院第七届“五四青年奖”表彰大会（2021 年 4 月）

合肥通用院视频参加集团党委党建带团建形势辅导报告会暨五四主题团日活动（2021 年 4 月）

安徽省直工委书记朱斌到合肥通用院青年之家调研指导，并同青年代表座谈交流（2021 年 8 月）

合肥通用院视频参加集团团委组织的学习习近平总书记“七一”重要讲话精神会议，集团团委书记冯雪峰作专题宣讲（2021年7月）

合肥通用院参加集团组织的党史知识竞赛（2021年6月）

青年读书沙龙篇

在中国共产党成立100周年之际，为积极响应集团公司建设“书香国机”的倡议，合肥通用院团委组织开展了“读经典　悟初心　跟党走”青年读书沙龙活动。党委书记、董事长王冰出席启动仪式并讲话，勉励合肥通用院青年要听党话、跟党走，树立“修身齐家治国平天下”的人文理想，努力锤炼本领，提高综合能力，为全院各项事业高质量发展贡献青春力量。党委副书记窦万波、副总经理田旭东、纪委书记周斌、党委委员陈永东等院领导应邀出席读书活动并与青年进行深入交流，吸引近5000人次参加线上线下活动。

王冰出席青年读书沙龙启动会（2021年5月）

党委副书记窦万波出席读书沙龙活动（2021 年 5 月）

副总经理田旭东出席读书沙龙活动（2022 年 6 月）

党委委员、纪委书记周斌出席读书沙龙活动（2021 年 9 月）

党委委员陈永东出席读书沙龙活动（2021 年 12 月）

党委书记、董事长王冰出席"读经典　悟初心　跟党走"青年读书沙龙启动会并讲话（2021 年 5 月）

读书沙龙启动会（2021 年 5 月）

读书沙龙第二期（2021 年 9 月）

读书沙龙第二期（2021 年 9 月）

读书沙龙第三期（2021 年 12 月）

读书沙龙第三期（2021 年 12 月）

读书沙龙第四期（2022 年 6 月）

读书沙龙第四期（2022 年 6 月）

多彩团建篇

我们是五月的花海，用青春拥抱时代。为持续提升团组织活力、丰富青年业余文化生活、促进青年沟通交流、服务青年全面发展，2年来，合肥通用院团委主动谋划、积极作为，举办了一系列多姿多彩的团建活动，定格了一个个难忘的精彩瞬间，留下了一段段美丽的青春记忆。

安徽省直工委书记朱斌与合肥通用院党委书记王冰共同启动合肥通用院团委微信公众号（2021年8月）

你好，团代会！（2021 年 11 月）

合肥通用院召开共青团第十二次代表大会，省直团工委书记卞国辉出席会议，合肥通用院党委书记、董事长王冰视频出席会议并讲话，党委副书记窦万波出席

会议现场

省直团工委书记卞国辉讲话

合肥通用院团委书记孙李作工作报告

共青团合肥通用机械研究院有限公司第十二届委员会第一次会议

合肥通用院举办羽毛球比赛，王冰出席颁奖仪式（2021 年 10 月）

合肥通用院举办篮球比赛（2022 年 9 月）

团团约你看电影：
《我的1919》
时间：4月23日19:00
地点：研发大楼710青年之家
主办：合肥通用院团委
承办：合肥通用院技术部团支部
团团约你看电影：
《建党伟业》
时间：5月14日19:00
地点：研发大楼710青年之家
主办：合肥通用院团委
团团约你看电影：
《建国大业》
时间：6月4日19:00
地点：研发大楼710青年之家
主办：合肥通用院团委
团团约你看电影：
《高山下的花环》
时间：8月20日19:00
地点：研发大楼710青年之家
主办：合肥通用院团委
团团约你看电影：
《横空出世》
团团约你看电影：
团团约你看电影：
夺冠
团团约你看电影：
《长津湖》
团团约你看电影：
《冲出亚马逊》
时间：6月17日19:00
地点：研发大楼710青年之家
主办：合肥通用院团委
团团约你看电影：
《离开雷锋的日子》
时间：3月4日19:00
地点：研发大楼710青年之家
主办：合肥通用院团委
团团约你看电影：
团团约你看电影：
《红海行动》
时间：9月23日19:00
地点：研发大楼710青年之家
主办：合肥通用院团委

集中观看《高山下的花环》（2021 年 8 月）

集中观看《横空出世》（2021 年 8 月）

集中观看《秋之白华》（2021 年 6 月）

集中观看《红海行动》（2022 年 9 月）

集中观看《悬崖之上》（2021 年 10 月）

集中观看《长津湖》（2022 年 8 月）

集中观看《离开雷锋的日子》（2022 年 3 月）

集中观看《夺冠》（2022年7月）

集中观看《建国大业》（2021年6月）

集中观看《冲出亚马逊》（2022年6月）

合肥通用院党委委员、副总经理徐双庆带领青年博士集体学习习近平总书记给“罗阳青年突击队”队员们的回信精神（2022年11月）

第三届青年联谊会现场（2022年9月）

志愿服务篇

2022 年 4 月 25 日，党委书记、董事长王冰为合肥通用院青年志愿服务队授旗，标志着合肥通用院青年志愿服务队正式成立。青年志愿者舍小家、为大家，顶风冒雨、披星戴月，跨越酷暑、历经严寒，义无反顾冲锋在疫情防控志愿服务第一线，言青春之志，力青年之行，谱青春之歌，截至 2022 年 12 月初，共有 600 余人次参加志愿服务，服务时长达 1000 多小时，为合肥通用院科学精准高效开展疫情防控工作做出贡献。

党委书记、董事长王冰为青年志愿服务队授旗

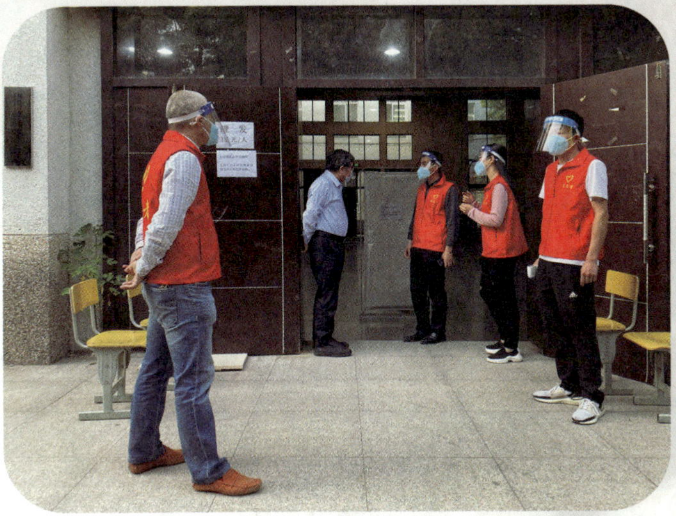

党委书记、董事长王冰检查核酸检验工作，并看望志愿者（2022年4月）

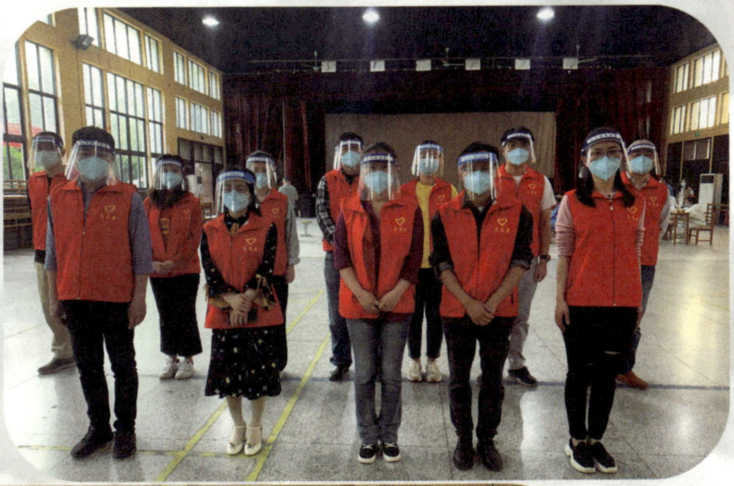

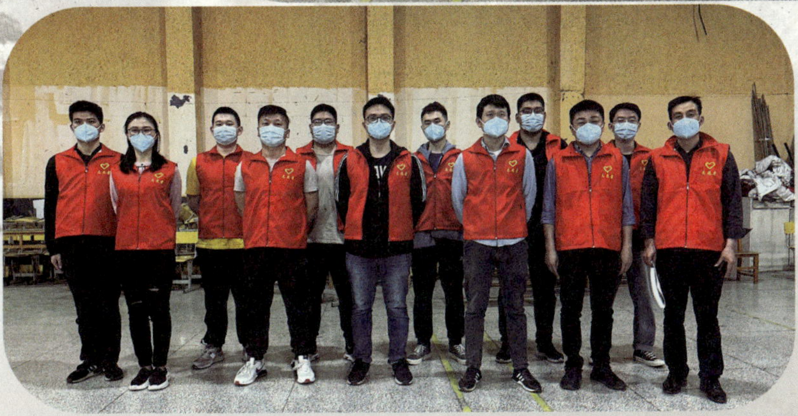

青年志愿者整装待发

俱乐部

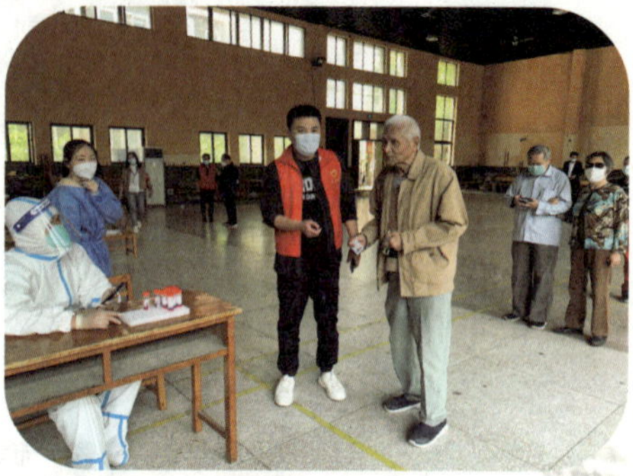

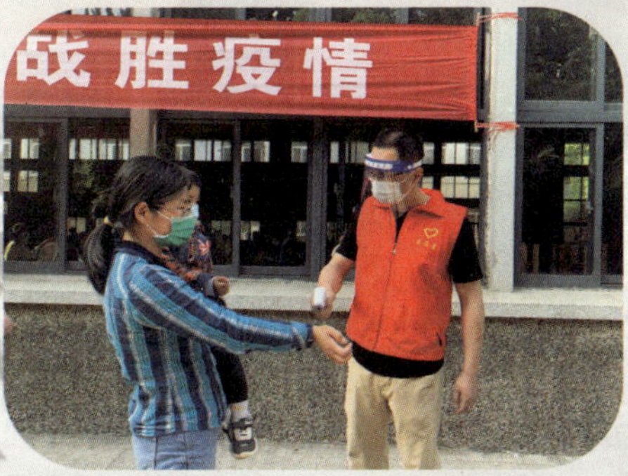
战胜疫情

组织开展“与雷锋同行”志愿活动

党建带团建

我与团旗合影（2022年4月）

后　　记

习近平总书记指出，阅读是人类获取知识、启智增慧、培养道德的重要途径，可以让人得到思想启发，树立崇高理想，涵养浩然之气。2021 年是中国共产党成立 100 周年，为积极响应集团公司建设“书香国机”的倡议，在合肥通用院党委的坚强领导与大力支持下，院团委启动了“读经典　悟初心　跟党走”青年读书沙龙活动，活动一经举办便得到了我院各级领导和上级团组织的热情帮助与关心鼓励，受到了广大团员青年的热切关注和积极参与，助推我院青年养成多读书、勤思考、善学习的好习惯，从浩瀚的文学经典中汲取智慧、滋养初心、砥砺品格，进而为更好践行“锻造国机所长　服务国家所需”的职责使命和促进通用院高质量发展贡献青春力量。

读书使人充实，讨论使人机智，写作使人精确。2022 年是党的二十大胜利召开之年，恰逢中国共产主义青年团成立百年。这一年，我院团委喜获安徽省和国机集团“双料”五四红旗团委。沐浴着党的光辉，洋溢着青春的活力，院团委举办的青年读书沙龙活动收获了数十篇读书心得并择优于“通用院青年”微信公众号分期发表，现将 15 篇优秀读书心得和 2 年来我院团建工作的影像结集成册，一并出版，以青春之名、赤诚之心、务实之举，向全院作响亮的承诺：以青春之我，创造青春之通用院！向党作最深情的告白：请党放心，强国有我！